ゾフィー21歳

ヒトラーに抗した白いバラ

DAS KURZE LEBEN DER SOPHIE SCHOLL

ヘルマン・フィンケ
Hermann Vinke
若林ひとみ訳

草風館

1942年7月，ロシア出征直前の学生中隊
兄ハンス（左），友人クリストフ（右），中央がゾフィー・ショル

目次

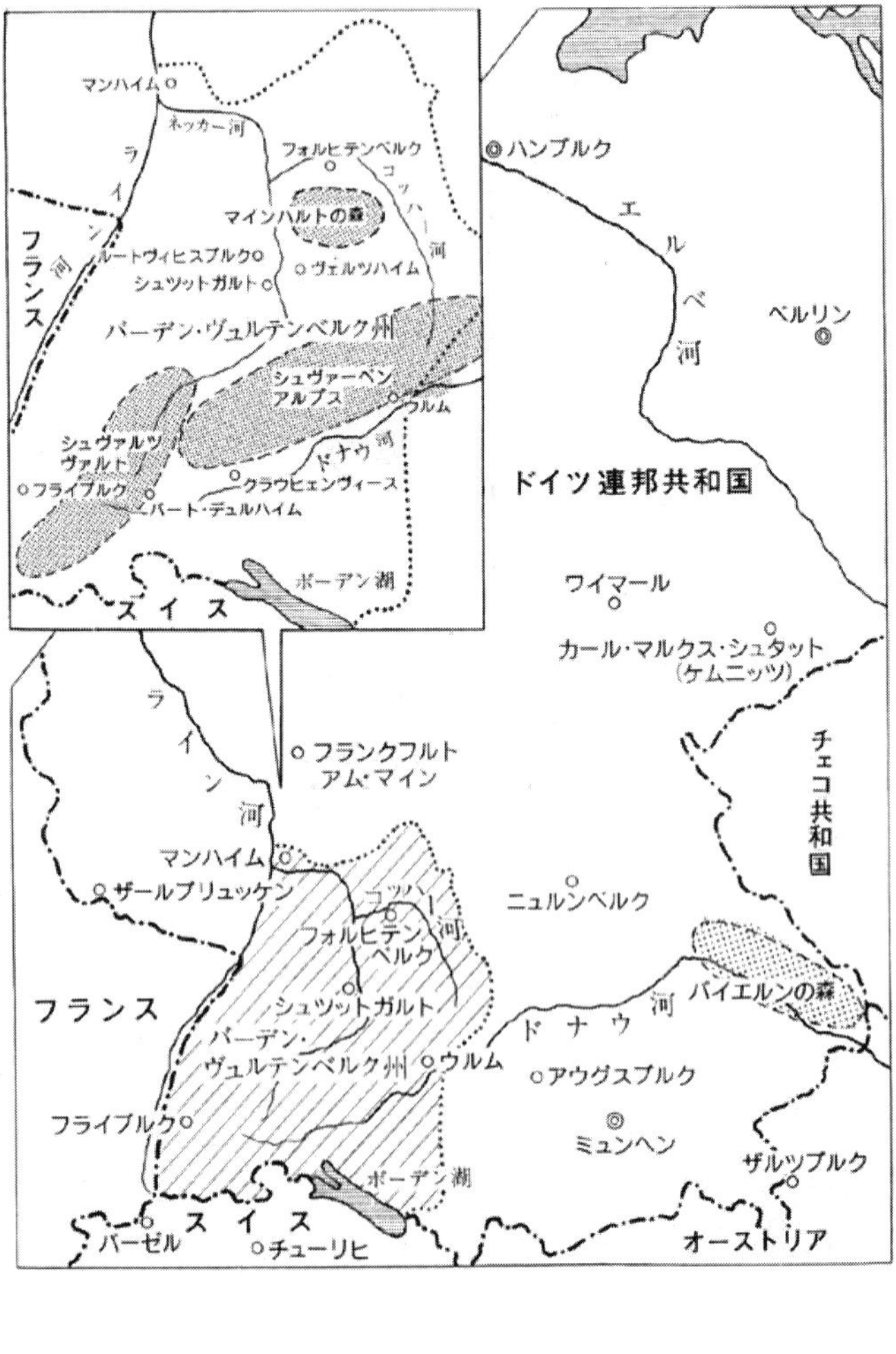

マンハイム
ネッカー河
ライン河
フォルヒテンベルク
コッハー河
マインハルトの森
フランス
ルートヴィヒスブルク
ヴェルツハイム
シュツットガルト
バーデン・ヴュルテンベルク州
シュヴァーベンアルプス
ウルム
シュヴァルツヴァルト
ドナウ河
クラウヒェンヴィース
フライブルク
バート・デュルハイム
ボーデン湖
スイス
ハンブルク
エルベ河
ベルリン
ドイツ連邦共和国
ワイマール
カール・マルクス・シュタット
(ケムニッツ)
ライン河
フランクフルト
アム・マイン
チェコ共和国
マンハイム
ザールブリュッケン
コッハー河
ニュルンベルク
フォルヒテンベルク
フランス
シュツットガルト
ドナウ河
バイエルンの森
バーデン・
ヴュルテンベルク州
ウルム
アウグスブルク
フライブルク
ミュンヘン
ボーデン湖
ザルツブルク
スイス
バーゼル
チューリヒ
オーストリア

清冽なメッセージ

——人間はいかに生き、そして死ぬか——

澤地　久枝

ユダヤ人の大量虐殺に象徴されるナチス・ドイツの時代、
日本はその盟友であった。
ヒトラー支配下の狂気と残忍性が正当化され横行した社会で、
根づよい抵抗運動があったことはよく知られる。
狂気に抗する理性が存在し得た歴史背景がドイツにはあり、
日本では残念ながらきわめて脆弱であった。
ショル兄妹がかかわった「白バラ」グループも抵抗組織の一つである。
勇気を支えたのは信仰であり、
奪い返そうとしたものは「人間の尊厳と自由」である。
一九四三年二月、ゾフィー・ショルは兄たちとともに
「反逆準備及び敵側幇助」の罪名で、手斧による斬首刑を執行される。

二十一歳だった。

お人形遊びや水泳ぎを楽しんだ幼い日から、処刑直前の親たちとの面会まで、清冽なゾフィーの人生が、姉や身近かな証言者によって具体的に語られている。

両親の見事さにも感動させられた。

ビラの文章、会話のはしはし。すべて六十年前に終った物語とは思えない。

年齢を問わず、いかに生き、そして死ぬのか。

ゾフィーの人生はつよい示唆を与える。

今改めてすべての日本人に贈られるメッセージのようにも思える。

第 *1* 章
自然の中で、大きな家で、教室で

私は顔を
黒く温かな樹皮に押しつけた……

ゾフィー（11 歳頃）

私たちを見ているのは木々だけでした

インゲ・アイヒャー＝ショルとご主人のオトル・ショルの住むロティスの水車小屋――明るい色の板を張りめぐらした居間の机の上に、ゾフィー・ショルときょうだいたちの写真をおさめた小さなアルバムがある。写真は光沢のある白黒写真であるが、今まで公表されてきたゾフィーの写真とはだいぶ違っている。屈託がなく、目鼻立ちがはっきりとしていて、まるで男の子のような顔つき――。

ゾフィーの姉インゲは、コッハー河畔の小さな町フォルヒテンベルクでの子ども時代の話をしてくれた。バーデン・ヴュルテンベルク州のこの町で、一九二一年五月九日、ゾフィーは生まれた。そして、姉インゲ（一九一七年生まれ）、兄ハンス（一九一八年生まれ）、姉エリーザベト（一九二〇年生まれ）、弟ヴェルナー（一九二二年生まれ）と共に、七歳までをここで過ごしたのであった。「子どもたちの将来を、いったい誰に予測できましょう」インゲは一瞬、顔をくもらせ、小さな声でこう言うと話を続けた。彼女の語る子ども時代は、まるで夢のような世界である。しかし自然を破壊された今日と比べれば、二〇年代のフォルヒテンベルクは、事実、小さな楽園であったろう。しかも、インゲたちきょうだいは、両親の愛情にしっかりと守られていたのである。

フォルヒテンベルク一帯は、とてもことばでは言い表せないくらいきれいでした。町はブドウ畑やブナ、モミが深く繁った森に囲まれていました。私たちは何時間も、時には一日中、この森の中で過ごしました。イチゴやキノコを探したり、おにごっこをしたりして――。ひとつ、とてもはっきりと覚えている場所があります。なだらかな丘にいろいろな木が植えてあって、町の公園のようになっていた教会の庭の先に、くずれ落ちた城跡がありました。そこは、芝居ごっこには、もってこいの場所でした。私たちはいつも何かしら新しいことを思いついては、やってみました。観客なしのお芝居――私たちを見ているのは、木々だけでした。

山腹にあるブドウ畑には、下から上へ帯のように石が並べてありました。おそらくブドウ園主たちが、何百年と経つ間にこのように石を並べて、畑の境界線にしたのでしょう。この、石を並べた境界線のところには、ニワトコ、リンボクや小さなブナ、モミなどが群生していました。私たちは、この石を使って家を造りました。石の形や大きさによってテーブル、椅子、ピアノなどにしました。あたりにあるものは何でも利用しました。小石はサクランボ、少し大きい石は器になりました。ひと冬が過ぎると、この遊び場は一面コケにおおわれて、私たちの家は、コケのテーブル掛けやコケのじゅうたんのある家となるのでした。コケは厚く、手でつか

左からヴェルナー，ゾフィー，エリーザベト（1932年頃）

めるほどでした。私たちきょうだいや遊び友だちの中では、私がいちばん年上でした。ゾフィーは年少の方でした。あの子はいちばん下の弟ヴェルナーと特に仲が良くて、二人はまるで双子のようでした。今でも二人が手をつないで、はだしでチョコチョコ歩いている姿が目に浮かびます。私たち年長組、つまりハンス、エリーザベト、私の三人が学校にあがると、二人は「お留守番」で家に残りました。

コッハー河は、今ではもう水浴びなどとてもできませんが、二〇年代にはまったくきれいな河でした。町に近いところに堤防があって、これが私たち子どもの心をそそりました。水浴びのあと、この堤防の上で私たちはよくこうらを干したものです。ここで私はゾフィーに泳ぎを教えました。練習を開始して間もなく——妹はまだ六つになっていなかったと思いますが——私たちは初めて一緒にコッハー河を泳いで渡りました。これは妹にとっては大変な経験で、特にあの頃としては驚くべきことでした。というのも、当時学校では水泳の授業などなかったからです。

まもなくゾフィーは、泳ぎを大いに楽しむようになりました。妹は水が大好きでした。近くに小川や池があると、いつも靴や靴下をぬいで、素足で水の中を歩き回りました。水を見ると、がまんできなくなるのです。水の中を歩き回る機会は充分にありました。フォルヒテンベルクは下水道の整備が完全ではなかったので、春にはよく洪水になりました。大人にとっては困ったことでも、私たち子どもにとって、これほど面白いことはありませんでした。父が竹馬を買ってくれ、私たちはそれに乗って水のあふれた通りを意気揚々と歩き回りました。

両親──保守的な地方と進歩的な父

父親のロベルト・ショルは、フォルヒテンベルクの町長だった。ロベルトは以前、ヤークスト河畔のインガースハイムでも町長を務めていた。背が高く、葉巻をくわえ、口ひげをはやしたロベルトの風貌はなかなか印象的で、子どもたちから尊敬される真の権威であった。どこの家庭にも見られるように、時にはしかられた子どもたちが涙を流すことはあっても、むやみに厳しいというのではなかった。子どもたちは、誰もが自分自身の希望する道を歩んでよかったのである。ロベルトは、教会の社会事業婦人会員だった妻のマグダレーネと共に、失業とインフレと圧政の時代に、子どもたちにとって小さな安全地帯を作ろうとした。

彼はマインハルトの森、ヴュルテンペルク地方北部のあまり豊かとはいえない村の出であった。才能を見込まれ、プロテスタントの牧師の援助で上級の学校に進学し、第一次大戦中は、戦争の熱狂の渦に巻き込まれなかった数少ない平和主義者のひとりであった。のちにフォルヒテンベルクの町長となってからは、自分の自由かつ進歩的な考えのいくつかを実行に移そうとした。インゲは両親についてこう言っている。

フォルヒテンベルクと外の世界を結ぶ唯一のものは、古びた黄色い郵便馬車で、町の住民を乗せ長時間ガタゴト走って、近くの鉄道駅まで行くのでした。この、周りから隔絶された状態に、父は不満を感じていました。数々の反対にもかかわらず父は、近くを走る鉄道をフォルヒテンベルクまで延長させました。これは、フォルヒテンベルクの町政における父の大きな業績といっていいでしょう。しかしそれ以上に父は、町やこの地方の農民や職人のために力を尽くしました。体育館と大きな倉庫を建てたのです。倉庫は、収穫物を集め保存するためのものでした。他にも下水道の拡張工事や、洪水により大きな被害を受けた道路の修復工事も行いました。

多くの人々が父の業績を認め、父を支持してくれましたが、農民や職人の間には「わしらは今まで下水道なしでやってきた。それなのにいったいなんで今それが必要なんだ?」などという人も少なくありませんでした。自由な思想、進歩や変革は、保守的な農民には歓迎されませんでした。昔からあそこに住んでいる人々の多くにとっては、それどころか疎ましくさえあったのです。牧師さんまでが、父が、社会人道主義者フリードリヒ＝ヴィルヘルム・フェルスターの発行していた雑誌『人間』を読んでいるのを見て、父を批難したほどです。牧師さんは怒ったようにこうおっしゃったのです。「こんなものをお読みになるんですか⁉」

時々、父は自分をよそ者のように感じていたようです。父にできなかったこと、父がしたくなかったこと、しかし、このような地方の町長として本来できなければならないこと――それは酒場で人々と酒をくみかわすことでした。付近はブドウ酒の産地でしたから。しかし、父はついにこれをしませんでした。私は子ども心にも、おそらくはゾフィーもそうだったと思いますが、父に反対する特定の人々がおり、その人たちには進歩的な父が理解できないのだ、ということに気づいていました。私たちはこの古くさい閉鎖性をはっきりと感じていました。

父と母は第一次大戦中、ルートヴィヒスブルクの野戦病院で知り合いました。父は武器を手にしての兵役を拒否し、かわりに衛生隊に配属され、赤十字で負傷兵の看護にあたっていました。母もこの病院で看護婦として働いていました。母は明るく、誰にでも親切で、人生を大いに愉しむというタイプの女性でした。のちに町長夫人として、母は社会的問題に絶えず関心を抱いていました。しかしこれは、町長の妻だから、というのではなく、もともと母に、病気の人々や社会的に弱い立場にある人々に対する関心があったからです。

子どもについては、私たちに関わること、私たちが体験するありとあらゆることに、母は関心を持っていました。母は、一から十まで、私たちと生活を共にしていました。また母には、常に変わらぬ独自の教育方針がありました。ひとつ例をあげて、これをご説明しましょう。ある日のこと、学校で友だちとケンカをした私は、母に、どうか自分と一緒に学校に来てこの友だちに意見してやってはしいと頼みました。最初母は承知し、校庭まで一緒に来てくれたのですが、ところがそこで一言も言わずに帰ってしまいました。私はひとりとり残されたわけですが、やがて、母が言わんとしたことを悟りました。つまり、ひとのケンカに口をはさむものではない、自分のケンカは自分で処理しなさい、ということです。

父はいつも大きな家を借りてくれました

ロティスの水車小屋では、インゲの夫オトル・アイヒャーも時々話に加わった。オトルは、ショル一家とは子どもの頃からのつきあいだった。義父のロベルトは、子どもたちにとって大きな意味を持っていた、とオトルは言う。「それは、義父が自由な人間だったからです。自由で進歩的、革新的な人間だったからです」

フォルヒテンベルクにおける町長と町民の対立には、ワイマール時代の民主的で自由な気風が反映している。「ワイマール時代の人々は、はっきりと自分の政治的態度を表明していました。自由に自分の意見を述べ、しかもその際、周囲に気を配る必要などまったくありませんでした。義父は自由な人間だったからこそ、その考えもすぐに町の人々にわかったのです」

ハンスとゾフィーは両親のどちらに似ているか、という話で、オトルとインゲの意見は対立した。インゲは、弟ハンスと母の間には精神的に深いつながりがあった、性格的に弟は母にとても近かった、と言う。これに対しオトルはこう言っている。

私は違うと思います。人間性や性格からいって、ゾフィーの方がむしろ義母に似ていました。外見もそうです。黒い目、背たけや体つき——ゾフィーは、まるで男の子のような顔立ちのスポーツマンタイプでした。それからもの静かなところ、ゾフィーも義母同様、口数の少ないほうでした。一方ハンスは活発で、てきぱきしていて、これはどちらかといえば義父似です。体格も二人は似ていました。ハンスは義父と同じくらい背が高かったのです。

父親のロベルトは、一九三〇年までフォルヒテンベルクで町長を務めたが、やがて住民は彼を投票で否決した。住民は、町の中世的な静けさを、革新的な町長にこれ以上かき乱されたくなかったのである。ロベルトは、ルートヴィヒスブルクに新しい家を求め、一家七人はそこに移り住んだ。しかし、ここには二年いただけで、一九三二年、一家はウルムに引っ越して行った。ドナウ河に面したウルムは、フォルヒテンベルクと比べれば大都会といってもよく、開放的であった。ここで父親は、税理士および経営コンサルタントを開業した。重ねての引っ越しも、インゲには苦にならなかったという。

フォルヒテンベルクで私たちは、町役場の中にある大きな家に住んでいました。次に越したルートヴィヒスブルクでも、父は駅の近くに、大家族に必要な部屋数のある大きな家を借りました。建物は十九世紀の末期に造られたもので、天井が高く、長い廊下があって、そのつきあたりに私たちの寝室がありました。

父はいつも、我が家の経済状態が思わしくない時でも、大きな家を借りてくれました。家の中で家族が、相手にぶつからずに動き回れるようでなくてはいけない、というのが父の口ぐせでした。母は一部屋を又貸しして、父のこの寛大な意見を経済的に支えていました。ルートヴィヒスブルクの家でよかったことは、この家の近くに、公園のついた昔の領主の狩猟用別荘ファヴォリーテ邸があったことです。住民は誰でもこの別荘の鍵を借りることができて、しばらくの間、庭の付いた小さな城館の主人になったような気分を味わうことができました。友だちや近所の子どもたちを誕生日に招いたり、ふだん家に連れてきたりすることは、まったく問題ありませんでした。「今日はお友だちを連れてきちゃだめよ、掃除したばっかりなんだから」などと母は一度も言ったことはありませんでした。友だちは遠慮なく家にやって来ました。たいていは友だちの分もおやつが用意してあって、時には泊まっていく友だちもいました。

ウルムでは、一時仮住まいをしていましたが、その後大聖堂広場に面したところに広くてきれいな家が見つかりました。やがてこの家は、ありとあらゆる友人や知人の好んで集う場所となりました。大きな窓からはウルムの大聖堂と広場が見え、そこで起きることは、いつも手にとるようにわかりました。たとえハトが馬の堆肥をひっかき回している、といったようなことであっても、そこでは実際、いつも何かが起きていました。

このような大きな家では、遊びには事欠きませんでした。遊びの中では、本が重要な役割を果たしていました。それも私たちがまだ小さかった時から。ゾフィーが最初に読んでいた本は『根っ子の子どもたち』『もじゃもじゃペーター』、シュノル・フォン・カロル

近所の子どもとゾフィー（右）　ウルムにて（1932 年頃）

スフェルトの絵入り聖書、それにもちろんグリムやハウフの童話、さらに忘れてならないのは『ルートヴィヒ・リヒターの本』――これは、ルートヴィヒ・リヒターがさし絵をつけ、詩や格言や昔話、物語が載っている厚い本で、はとんどの詩は私たちには不可解でわけがわからなかったのですが、いえ、それだからこそよけいに魅力的で、私たちはみんなこの本が大好きでした。時には学校で午後、先生が私たちを外に連れ出して、『ロビンソン・クルーソー』や『ルラマン』、郷土の歴史や民話を読んでくれることもありました。後に私たちは、ライナー＝マリア・リルケやヘルダーリンなど多くの詩人や作家の韻文や散文も読むようになりました。

ゾフィーはお人形さんごっこも好きでした。母がこのお人形さんごっこを上手に教えたので、ゾフィーはとても上手に人形と遊ぶことができました。毎年クリスマスには人形の家を新しくして、新しい洋服を作りました。もう少し大きくなるとゾフィーは、クリスマスプレゼントに、本物の革のついた大きなおもちゃのベッドがほしいと言いました。いつか自分に子どもができたら、その子を寝かせるのだ、とあの子は言っていました。

籐のムチ

学校は、民主憲法をもつワイマール共和国時代においても、もっぱら絶対服従を覚え込ませる場でしかなかった。教師には子どもに体罰を与える権利があり、教師はこの権利をフルに活用した。ゾフィーも一度だけ体罰を受けたことがあった。ゾフィーは家で、自分が人と意見を異にする時には反論するということを学んでいたので、学校でも不当なことに妥協などはしなかった。勉強そのものには、ゾフィーの場合まったく問題はなかった。フォルヒテンベルクとルートヴィヒスブルクで、ゾフィーは小学校の最初の数年間を送った。ウルムで女子高等実業学校に進学、一九四〇年三月、アビトゥア（大学入学資格試験を兼ねる高等学校卒業試験）合格。ゾフィーの学校時代のエピソードを聞こう。

ゾフィー（15歳頃）

フォルヒテンベルクには、ムチで手を打つ罰がまだ残っていました。教師が籐《とう》のムチで生徒の手のひらをぶつのです。このムチ打ちはとても痛く、あとで手のひらがはれあがることもしょっちゅうでした。ゾフィーは、私が覚えている限りでは、一度だけこの罰を受けたことがありました。ほかには学校では問題はなく、あの子はいわば、できのよすぎる生徒だったのです。特に小学校でそうでした。

女子高等実業学校への転校も、まったく問題ありませんでした。エリーザベトと私がすでにここに進学していましたので、この学校に入ることはあの子にとっても大きな意味がありました。

当時、小学校での生徒の成績は点数で示されるばかりではなく、クラスでの席順でも表されました。成績のいい者ほど前の席になり、成績が下がれば席も後ろに下がりました。それどころか、学年末の成績表には席順も書いてありました。席替えはしょっちゅう行われましたが、妹のエリーザベトが、よりにもよって自分の誕生日に、どうでもいいような理由で席をひとつ後ろに下げられてしまいました。ゾフィーは同じ教室にいました――よく、二つ三つの学年をひとりの先生が一緒に教えていましたから。ゾフィーは姉の席が下がったことに腹を立て、また正義感に駆られ、前に出て行って先生に抗議しました。「今日はエリーザベト姉さんの誕生

ゾフィー（15 歳頃）

日です。お姉さんをまたもとの席にもどして下さい！」先生はゾフィーの言う通りにしました。

ゾフィーはとても正義感の強い子でした。またあの子には、誰かが不当に扱われていると思えば、すすんで抗議をする勇気もありました。しかし一方では内向的で、もの思いにふけり、時には引っ込み思案と思えるようなところもありました。ウルムの学校時代のエピソードをみれば、このことがはっきりわかると思います。

ゾフィーが十四歳の時のことです。妹はクラスのみんなと、ドナウ河の支流へ遠足に出かけました。この川は何か所か急な石灰岩の壁で川幅が狭くなっていました。いつものようにあの子は、水ばかりでなく岩にも木にもすっかり心をうばわれていました。ちょうど先生が何かを説明している時に、あの子は夢遊病者のようにスルスルと急な岩壁を登り出しました。上に着くとあの子は、うれしそうに下にいるクラスメートを見下ろしましたが、みんなは顔をこわばらせてあの子を見上げていました。おそらく誰かが「下りてらっしゃい！」とでも叫んだのでしょう。あの子はすぐに向きをかえると、黙って下りはじめました。それからあの子は先生に、二度とあのような危険な岩には登りません、と約束させられました。

他の人が何かゾフィーのことで驚くと、あの子はそれに対し独特の反応を示しました。黙ってしまって、自分の内にこもるのです。これはいつまでも変わりませんでした。その場その場で口からごまかしや出まかせを言うことなど、ゾフィーにはできなかったのです。あの子はじっくりと時間をかけて考える質《たち》でした。そしてあとであの子が口を開くか、書くかしたものを見ると、じっくり考えたのだな、ということが見て取れるのでした。

あの子は女王様のように得意でした

大人になること、幼年期から思春期への移行――これは多くの人間の人生において、最もむずかしい段階のひとつである。女の子の多くは、月経の開始をその重要な区切りとして受け止める。インゲはごく自然にこのことに話をもっていった。ショル家では、恋愛や性《セックス》の話はタブーではなかった。しかし、それでも今、あの頃のことをふり返ってみると重苦しい思いがあった、だが妹のゾフィーは自分ほどどうっとうしいとは思っていなかったようだ、とインゲは言う。

今ではこんなことは変に聞こえるでしょうね。でも私たちは、一緒に歌ったり演奏したりして――ゾフィーはピアノがとても上手でした――あの頃のいろんな悩みを解消していました。自分がどこに所属しているのかよくわからないという思春期の悩みや、その他ありとあらゆる悩みを歌って忘れることができました。幼年期とは徐々に別れを告げるけれども、かといってまだ大人にはなりきっていない――これは、かなりつらい時期です。私はいつもこう思っていました――二十一歳になったら自分も一人前だわ、と。そこまで階段を登って行って、上に着けば安らぎがあるのだ、と。まったくばかげた考えでした。

初潮を迎えた時のことを、私は今でもはっきりと覚えています。ルートヴィヒスブルクに移り新しい学校に行くと、教室のみんなが私のところに駆け寄って来てこう聞きました。「あれ、もうあった？」 私はすっかりどぎまぎしてしまいました。というのも、私にはまだ「あれ」がなかったからです。ある冬の日、ルートヴィヒスブルクのファヴォリーテ邸の公園でスケートをしている時、突然私はわかったのです。ついに私にも「あれ」がきたわ、と。実をいうと、私はこのことに大変なショックを受けました。そしておかしなことに、母にこのことを告げるのが恥ずかしかったのです。母にとってはこれは当然なことで、かつ大事なことでしたのに……。

しかし、ゾフィーの受け止め方は、私とはまったく違っていました。私たちはもうウルムに移っていて、あの子はたしか十四歳になっていたと思います。初潮があると、あの子はまるで女王様のように得意でした。元来理性的なあの子が、からだでそれを強烈に受け止めたということは、とても面白いと思います。ゾフィーは、眠ること、草原に横になること、泳ぐことを愉しみました。そして女である証とそのシンボル、すなわち月経をもこういったことと同じように享受したのです。しかし後には、月経のたびにつらい思いをしていたようです。いつも生

ゾフィー（19歳）ウルムにて

理痛がひどく、気が滅入っていたようです。女子にばかり月経があり、男子にないのは不公平だと言っていましたが、このつらさも、あの子はなんとか乗り越えていました。環境の変化に適応するのがわりと上手だったのです。これは、きょうだいみんなにいえることで、母ゆずりの才能だろうと思います。

ゾフィーは私たちの中でいちばん病気がちで、母もこのことは充分わかっていました。おそらく他の母親なら「さあ、もう学校へ行きなさい」と言うところを、母は家にいるようにさせました。子どもは時々たっぷり眠らなければいけない、というのが母の意見で、休ませたあとには先生に「娘は病気のため、欠席させていただきました」という手紙を持たせるのでした。この手紙は、まったくでたらめというわけでもありませんでした。鼻かぜぐらいはひいていたでしょうから。

ある日のこと、私が部屋に入るとゾフィーがベッドにもぐっていました。エリーザベト、ゾフィー、私の三人は、大きな部屋を一緒に使っていました。私はどこか具合が悪いのかなと思いました。ところがあの子は、ベッドの中で何か書いているのです。「何しているの?」私は聞きました。「遺言状を書いてるの」とゾフィー。今、私たちが相続していたであろういろいろな形見のことを考えると、あの子のことばがとても奇妙な響きをもってよみがえってきます。あの、自分の持ち物を書き並べたリストは、本当に一種の遺言状だったのです。ゾフィーはそれをベッドのわきのナイトテーブルの引き出しにしまいました。あの紙ほ今はもうありません。

自然賛歌

ゾフィーはその短い生涯の間に、日記、友人・知人・親類に宛てた数々の手紙、学校の授業や自分のために書いた作文やショート・ストーリー等、多くを書き残している。ゾフィーにとって書くということは、自分自身や自分の立場をはっきり知るための手段であった。書くとは心をみがき、考えをまとめることである。ゾフィーは、人とのつながりをとても大切に思っており、後年、友人たちが前線に出ると、彼らとの接触を保つために、せっせと手紙を書いた。十八歳の時にブフィーが書いた「草原《くさはら》」についての作文を紹介しよう。この作文の中でゾフィーは熱烈に自然を賛美している。

春、草原を歩く時、私は清らかな小川に心ひかれ、どうしても足を浸さずにはいられない。匂いたつ大地ほど心そそるものはない。地にはヤマニンジンの白い花が泡のように漂い、その上では、まるでこの至福の海から逃れようとするかのように、果樹が花咲き乱れる枝々を広げている――ああ、私は道をそれ、どうしてもこの豊かな生命の海に身を沈めずにはいられない。

一切を忘れ、私は花おおう土手を下り、ひざまで届くみずみずしい草原の中に立つ。ひざまずけば草花が私の腕をなで、ウマノアシガタが頬に冷たく、草の葉先が耳をくすぐり、私は一瞬身ぶるいをする。まるで仔猫が湿った冷たい鼻先で、私の耳に触れたように。わずかなおののきとわずかの甘さと……。

芝草の下に生きる小さな生き物に、私は今、初めて気付く。ちっぽけな虫が、懸命に足を動かし、私の指を登ってくる――六本の足を、一本たりとも間違うことなく順序正しく動かして！　指を立てると虫も一緒に向きを変え、今来た道をまたゴソゴソと這い登る。でも私はいつまでもこんな意地悪を続けるつもりはないから、タンポポに指を近づけ、虫が移れるようにしてやろう。目には見えないけれど、虫はほっと胸をなでおろすことだろう。ところが、私のからだをよじ登る草原の住人たちは、次から次へとやって来てあとをたたない。額や鼻を這い回るかと思えば足を登り、背中を下りて……。でも今日はみんな大目に見てあげる。今日は虫たちが、こうして私に敬意を表してくれているような気がするから。手を広げ、ひざを立て、静かに草原に横たわり、私は幸せ。花咲くリンゴの枝の間から、青い初夏の空が見え、やさしげな白い雲が、ゆったりと私の視界を横切る。

私はまわりに芽吹きを感じる。白い花にとまったちっぽけな黒い虫が、まるで空に浮かんだ雲のように見えるヤマニンジンも、赤味をおびたスカンポも、かすかに東を向いた細い草も、みんな私を喜ばしてくれる。首を回すと、そばにあるリンゴの木のゴッゴツした幹に頭が触れる。リンゴの木は、まるで私を守ってくれるかのように枝を広げているわ！
いちばん小さな葉っぱをも元気にさせようと、根から絶えず流れ出る樹液の音が聞こえないだろうか？　ひそかな脈拍が聞こえないだろうか？　私は顔を黒く温かな樹皮に押しつけ、思う。故郷《ふるさと》――私は今、たとえようのない感謝の念でいっぱいです。

人を打ちのめす緑色

ゾフィーは、自分の考えたこと、感じたことを文字にしたばかりではなかった。音楽的、美術的才能にも恵まれており、たくさんのスケッチや絵が残されている。ウルムでショル一家と親交のあった人々の中には、オトル・アイヒャー、ベルトル・クライ、ヴィルヘルム・ガイヤーといった画家や彫刻家もおり、彼らは喜んでゾフィーに手を貸し、励ました。インゲの話を聞こう。

私たちは、子どもの頃からよく絵をかいていました。きょうだいの中では、ゾフィーがいちばん上手でした。私も画家になろうと思っていたのですが、十五の時にあきらめ、以後、ゾフィーを励ます方にまわりました。美術書や絵具等の画材を買ってやったり、時々台所の後片付けを代わってやって、あの子に絵をかく時間を作ってやりました。あの子は私のお気に入りで、この小さな天才に私は期待をかけていました。

つきあいのあった芸術家たちが、ゾフィーを励まし、アドバイスをしてくれました。その中のひとり、ベルトル・クライはよく私たちを自分のところに招待してくれました。ベルトルの絵を見たり、また彼と色や構図について話し合ったりして、私たちは何時間も彼のところで過ごしました。ある時、ベルトルが、ぼくはある緑の色に打ちのめされそうに

親友リサ・レンピス（1938年頃）

子どものスケッチ（1940年頃）

なったことがある、と言いました。今でも彼のこのことばが耳に残っています。色が人間を打ちのめすなんてことできるのかしら、と私はこの時思いました。しかし、ベルトルのいう輝くような緑色を見せてもらって、私もこの色なら人を打ちのめすこともできるだろうと納得したのでした。ゾフィーがいちばん好んでかいたのは子どもでした。きっと子どもが大好きだったからでしょう。あの子はとてもやさしいタッチでかきました。

のち妹は、水絵具やパステルも使うようになりました。オトルの仕事を見てからは、彫塑も始めました。

物語にさし絵をつけるのも好きでした。私たちはよく一緒に童話などをつくりました。私が文を、妹が絵をかくのです。ゾフィーは友だちに頼まれて『ピーター・パン』やゲオルク・ハイムの『午後』に絵をつけたりもしました。

時と共にスタイルも変わりました。初めゾフィーは、現代絵画をそれほど重視してはいませんでした。しかし、ウルムでよくうちに来ていた画家ヴィルヘルム・ガイヤーの影響で、表現主義の絵画にも関心を持つようになりました。ゾフィーとハンスがミュンヘンで大学に通うようになると、ヴィルヘルムはミュンヘンでもよく仕事をするようになりました。彼の中心テーマは旧・新約聖書でしたが、彼は早くから、退廃芸術家としてナチスに排斥されていました。それでも勇気ある牧師の計らいで、彼はこっそりと教会の窓の絵の制作を続けることができ、これはあの頃の作品としては最もすぐれた作品に数えることができましょう。

私はゾフィーを援助しましたが、精神的にゾフィーの負担になるようなことはなかったと思います。援助した、というより、それはまったく当たり前のことでした。私たちきょうだいはみんな、芸術家は特別なもので、経済的援助は当然だと思っていましたから。しかしゾフィーは、自分を特別だなどと思ったことはなかったようです。それどころかその反対で、とても謙虚でした。またあの子には独特の皮肉っぽさがあり、これが自分の才能にうぬぼれたり、思い上がったりしないための歯止めとなっていたようです。

アビトゥアも済み、ゾフィーが大学で何を専攻するか選択する段になると、私たちは皆、あの子は美術学校に進むものと思っていました。それで彼女がきっぱりとこう言った時には、みんながっかりしてしまいました。「芸術を習うことはできないわ。私は生物をやります」

第 *2* 章
ハーケンクロイツの下《もと》で

言いたいことを言い
やりたいことをやってよい
そんな島にしばらくの間
住めたらと思います

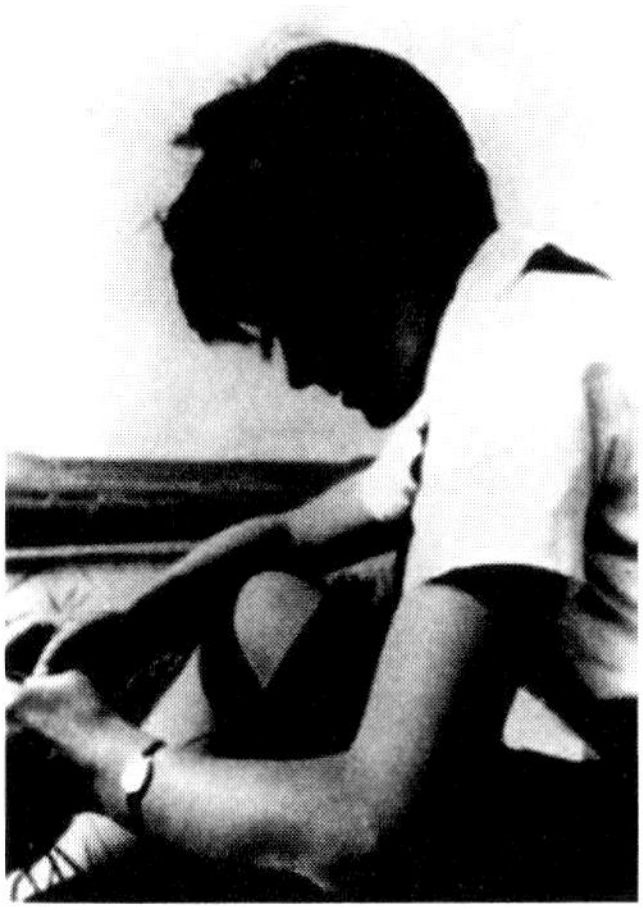

少女団のユニフォームを着た
ゾフィー（14 歳頃）

ついにヒトラーが政権についたわよ

絵をかいたり音楽することはしかし、ショルきょうだいにとっては生活の一部にすぎなかった。まもなく、政治的青少年団での活動が、その大半を占めるようになったからである。だが、このナチスの青少年団、すなわちヒトラー・ユーゲントをショルきょうだいは初め、政治的なものとはまったく思っていなかった。一九三三年一月三十日、アドルフ・ヒトラーが権力の座についた。政治的に目覚めていた父親のロベルトは、この時すでに危険を察知していたが、多くの大人たちはこの出来事にさほど不安は感じてはいなかった。それまでも政権は頻繁に交代していた。新政権がとりわけそれまでの政権と違うことは、若い人たちの「世話」に力を注いだことだった。ヒトラー・ユーゲントは、すでに一九二六年に組織されていたが、第三帝国になって大きく発展していった。インゲは、一九五三年に著わした『白バラ』（邦題『白バラは散らず』）の中で、一九三三年一月三十日、ヒトラーが政権を掌握した日のことをこう記している。

ある朝、学校の階段で、クラスメートがみんなにこう言うのが聞こえてきました。「ついにヒトフーが政権についたわよ」ラジオや新聞もこぞって、「ヒトラーが舵についた。今やドイツは、すべてが快方に向かうであろう」と報じていました。

初めて政治が私たちの生活に介入してきました。ハンスは当時十五歳、そしてゾフィーは十二歳でした。人々は、祖国とか同志とか民族共同体とか郷土愛などについて話をしていました。私たちの心は大きく揺さぶられ、学校や通りでこういった話を耳にすると、興奮して耳を傾けました。私たちも、郷土を愛していましたから……。

祖国――それは、同じことばを話し、同じ民族に属する人々のより大きな郷土ではなかったでしょうか。私たちは祖国を愛していました。なぜかはうまく言えませんでしたけれど……。今までそんなことをくだくだと説明する者もありませんでした。しかし今や、輝かしく「祖国」と空に大書されたのです。そしてヒトラーが、この祖国を偉大・幸福・繁栄へ導くのだと、いたるところで私たちは耳にしました。ヒトラーは、みんなが仕事とパンを得るよう努力し、全ドイツ人がその祖国において、自由で幸せな人間となるまで、身を休めることはないのだと。

私たちはこれをよいことだと思い、自分たちにできることは、進んでしようと思いました。

私たちは身も心も奪われてしまい、父がどうして私たちがヒトラー・ユーゲントに行くことを喜ばないのか、わかりませんでした。

ショル家ではしょっちゅう言い争いが起き、インゲは今でもはっきりとこのことを覚えてい

ゾフィー（16 歳頃）

るという。

口論を通し、私たちが新しい時代に対して抱いていた考え方に、その誤りを正す光が当てられていきました。私たちは二〇年代のことから、第一次世界大戦の結果、あるいはインフレ、失業、経済的閉塞状態についてなどいろいろ話し合いました。父は「人間は、その存在すらおびやかされるようになり、未来が灰色にしか見えなくなると、みんな簡単に約束をあてにするようになるんだ。その約束をするのが誰かなんてことにはかまわずにな」と言いました。それから数か月というもの私たちは口論のたびに勝ち誇ったように、ヒトラーは失業をなくすといった公約を守ったではないか、と言い張っていました。私たちが得意げにアウトバーンを指し示すと、父は言いました。「あいつがこれから先何をするか、考えてみたことがあるかい？あいつは軍需工業に手をつけ、兵舎を建てる。それの行きつくところがどこか、わかるかね？それに、生活がいくら物質的に保証されていたってだめなのだ。われわれは、表現の自由、信仰の自由、また政治的にも自由な意見を述べる権利を持つ人間なのだ。こういったことに干渉する政府は、信頼するに値しない」と。

ヒトラー・ユーゲントとの葛藤

父親の警告も最初は無駄のようであった。ショルきょうだいは次々とヒトラー・ユーゲント、もしくはその分団に入団していった。まずハンスが、続いてインゲ、エリーザベト、そして最後にゾフィーとヴェルナー。年齢によって、加入するグループが決められた。十歳から十四歳の男子はユングフォルク（少年団）、十歳から十四歳の女子はユングメーデル（少女団）に入り、ヒトラー・ユーゲントとは正確には十四歳から十八歳の男子を対象とした。また、十四歳から十八歳の女子はブント・ドイチャー・メーデル（ドイツ女子同盟）に属していた。ショル家の三姉妹やハンスにとって、ヒトラー・ユーゲントに入団することは、自分たちの力を試す、一種の挑戦であった。各グループは彼らをまじめに受け入れ、課題を与えた。優秀な者は「青少年に指導される青少年」のモットーにより、他の団員の指導にあたった。こうしてショルきょうだいは、まもなく団の指導者となった。

女子の団体生活は、男子ほどきびしくはなかった。「総統」（ヒトラーをさす）にとって女子教育は、男子教育ほど重要ではなかったのである。それでも、根本的には大きな違いはなかった。ユニホームを着用し、団旗掲揚、点呼、行進――すべてが駆け足で行われた。ゾフィーはまもなく、こういったことの大部分はやらせだと、つまり無意味なことだということに気が付き、そう思うとだんだんこれがいやになってきた。また、自分が今までつきあってきたユダヤ人の友だちの扱いにも、がまんがならなかった。インゲはヒトラー・ユーゲントとの葛藤がどのように生じたかをこう語っている。

覚えている限りでは、ゾフィーは一九三三〜三四年の熱狂の渦に、ハンスや私ほどは巻き込まれなかったようです。あの子は、少女団でやっていたキャンプやハイキング、野外ゲームといった催し物に楽しそうに参加してはいましたが、またキャンプ・ファイヤーのそばで話を聞いたり歌を歌ったりということは、すばらしい経験だったろうとは思いますが、あの子をとりこにすることはできなかったようです。たぶんあの子は、当時青少年が振り回されていたこういうお祭り騒ぎがだんだんいやになって、ヒトラー・ユーゲントに冷めていったのではないでしょうか。

ある時私たちは一緒に自転車旅行をしたのですが、夜、十五歳の女の子が突然こう言いました。「ユダヤ人のことさえなければ、申し分ないんだけれど」ウルムの学校では、ゾフィーのクラスにユダヤ人の女の子が二人いました。ルイーゼ・ナータンとアネリーゼ・ヴァラーシュタイナーで、二人ともウルムの有力者の娘でした。この二人はドイツ女子同盟に入団を許されず、ゾフィーはこのことにいつも腹を立てていました。「私は髪も目も黒くて女子同盟に入っているのに、金髪で目だって青いルイーゼがどうしてだめなの？」ゾフィーは繰り返し尋ねたものです。ユダヤ人に対する人種差別を、あの子は理解もしなければ認めもしませんでした。そしてアネリーゼ・ヴァラーシュタイナーとの友情を保ち、よくアネリーゼを家に連れてきました。ユダヤ人とつきあうことは本来許されないのだということに、あの子はひどく心を痛めていました。

もうひとつ、ゾフィーをますます考え込ませるような出来事がありました。ある日私たちは、シュヴァーベンアルプスにキャンプに出かけました。これはヒトラー・ユーゲント全国大会の一環で、いかにもそれにふさわしくとり行われました。たくさんの旗を立て、ユニホームを着、隊列行進をしました。たまたまゾフィーと私が近くに散歩に出ると、ヒトラー・ユーゲントのユニホームを着ていない男の子たちがテントを張ってキャンプをしていました。私たちは興味にかられ、彼らに話しかけ、ナチズムに関する私たちの意見を述べて、彼らがどういう反応を示すか試してみました。すると男の子のひとりが、突然唇をギュッとかみしめると、口をきかなくなってしまったのです。ゾフィーと私は、その子はユダヤ人で、自分と他の人々を危険にさらさないために口をつぐんだのだ、と思いました。私たちも、もうそれ以上は話すこともなかったので、黙ったままそこを離れました。国がつきあうことを許してくれない人々に、私たちは親しみを覚えました。そして、彼らとの交際をやめようとすればするほど、逆に私たちはますます彼らにひきつけられていきました。

父とハンスとの絶え間のない口論を、ゾフィーは注意深く見守っていました。ハンスの歴史の先生は、かなりの国粋主義者でした。弟が学校からもどり、先生がどれほど熱狂的に「総統」やドイツやドイツ人のことを話したか、またドイツ人は、憎むべき退廃民族フランス人と比べ、いかにすぐれた民族であるかを話してくれたと報告すると、たいていあとには激しい言い争いとなりました。父はいつも、先生の言うことをなにもかも無批判にうのみにしてはいけないと注意していました。しかし、ハンスはまったく聞こうとはしませんでした。父は、毎日窓から見える光景に深く心を痛めていました。絶えることなく続く隊列行進、ナチスの高慢な態度、陰険な新聞記事――。父は真実を知らしめ、ハンスを納得させようとしました。しかしハンスは意見を変えようとはしませんでした。弟は、他の若者と同じように、自分で経験し、納得するよりほかなかったのです。

ハンスは一九三六年、ニュルンベルクで開かれたナチス労働党の党大会に参加しましたが、このころようやく父とハンスのいさかいが収まったのでした。春に彼は、ニュルンベルクの党大会で旗手を務めるようにと指名されました。これは大変な栄誉で、みんな彼に「おめでとう」と言ったものです。女の子たちは、私にこう言いました。「あんたの弟、ハンサムね。党大会で隊の旗を持つのに、ぴったしの人だわ」

しかし、ハンスは、まるで人が変わったようになって党大会からもどって来ました。疲れ果て、落ち込んで、無口になって。ハンスは何も言いませんでしたが、みんな、彼とヒトラー・ユーゲントの間に何かあったに違いないと思いました。それから少しずつ、私たちにも事情がわかってきました。無意味な教練、隊列行進、ばかばかしい長話、だじゃれ、こういったものすべてに、弟はうんざりしてしまったのでした。朝から晩まで整列させられ、延々と話を聞かされ、加えてあのわざとらしい熱狂。まともな話をする時間などは、なかったのです。

ニュルンベルクでの出来事には、私たち同様、ゾフィーも怒りを覚えました。ニュルンベルク——それは、まだ大きな溝とはなりませんでしたが、しかし、私たちとヒトラー・ユーゲントとの間に生じた最初の亀裂ではありました。

ヒッチハイク

その後、ハンスはヒトラー・ユーゲントとは別の青少年団体に参加し、これはハンスにとって、いっそう重要な意味を持つようになった。「ドイツ青年団十一月一日」と称するこの団体は、二十世紀初頭に結成され、ワンダーフォーゲル（渡り鳥の意）運動により徒歩旅行で自然を再発見しようとした同盟青年団の後期の組織で、三〇年代初め、ドイツ各地で結成されていった。団員たちは、団が創立された一九二九年十一月一日にちなんで、「ド青11・1」と呼んでいた。

インゲと夫のオトルは「ド青11・1」をこう説明する。まずオトルから。

「ド青11・1」には二〇年代の開放的なムードが残っていました。国粋的でもなく、また自然にしか関心がないというのでもなく、洗練された新しい文化に対してオープンだったのです。団員たちが、どういう恰好をしていたかを見ても、これがわかると思います。登山服にリュックサック、それに自転車はタブーでした。「ド青11・1」の団員は、道路ぎわに立って、ヒッチハイクで旅行しました。それも、シュヴァルツヴァルトやバイエルンの森などの近場ではなく、スウェーデンやフィンランド、シシリア島へ行くのです。ワンダーフォーゲルはしかし、こうして旅行ばかりしていたのではありません。一方では、文化的、コスモポリタン的生き方を目指していました。

例えば本は、ここではとても重要でした。みんな面白い本を見つけてきては――のちにこういった本は退廃芸術と呼ばれるようになりましたが――読み、討論しました。また、哲学的論争も行いました。フリードリヒ・ニーチェやシュテファン・ゲオルゲは私たちの大きなテーマでした。とにかく、どの本も新しい発見で満ちあふれ、私たちは夜遅くまで本を読み、討論し、また次の読書会の相談をしました。

1940年春、シュヴァーベンアルプスにて．ゾフィー（左）と弟のヴェルナー

ワンダーフォーゲル運動は、青少年の生き方や、さらには社会全体に選択の自由と新しい可能性とを示そうとするひとつの試みであった。こうして「ド青11・1」の活動は続いていった。インゲの話を聞こう。

「ド青11・1」の生き方は、斬新で魅力的でした。それは二〇年代の建築及び芸術における新しい流れであったバウハウス運動（一九一九年ワイマールに設立された造形学校で、国際的なデザイン運動の中心となる）と比べられると思います。例えば、団員たちは大文字を使わず、すべて小文字を使用しました。みんな詩が好きで、自分たちも詩作しました。芝居をし、作曲をし、すばらしい合唱を聞かせてくれました。歌うのはたいていロシア民謡かスカンジナビア民謡でした。週末には冬でもコーテというラップ人のテントを持って、キャンプに出かけました。火をおこし、お湯をわかし、自分たちだけで過ごすのです。「ド青11・1」は宗派、政党、親、学校とは一切無関係の、独立した団体でした。ハンスと、ウルムで兵役についていたケルンの若い作家エルンスト・レーデンも団員でした。

同盟青年団及び「ド青11・1」は、一九三三年一月、ヒトラーが政権を掌握するとまもなく禁止された。ナチスは、ヒトラー・ユーゲント以外のすべての青少年団体を認めなかったのである。しかし禁止にもかかわらず、ウルムではハンスを中心に、また他の町でも次々と「ド青11・1」グループができていった。ヒトラー・ユーゲントの視野の狭い国家主義的な考え方に、他の若者たちも、もうついていく気がしなかったからである。オトルのことばを借りれば、「彼らヒトラー・ユーゲントはドイツのことしか、他の民族が従うべきこのひとつの民族のことしか頭になかった」。ヒトラー・ユーゲントへの失望と批判が時と共に大きくなればなるほど、グループ内の結束はますます強固になっていった。ナチスの主催するお祭り騒ぎをよそに、団員たちは定期的に集まりをもった。禁止されているユダヤ人や反体制的な作家の書物を読み、追放された画家たちの複製画や絵はがき――これはたいへんな人気だった――を交換し、またヒトラー・ユーゲソトで禁じられていたロシアやスカンジナビアやジプシーの歌を歌った。歌は謄写版で刷って、灰色と赤の冊子にとじられた。団員たちは、皆この冊子を持っていた。ただ、「ド青11・1」は十二歳以上の男子のみを対象としたものであったので、インゲとゾフィーはこれには加わってはいなかった。しかし二人とも、この共同生活の様子をじかに見ており、少なからぬ影響を受けていた。これについてインゲは次のように言っている。

このグループは、ハンスやヴェルナー、やがては私たち姉妹にとっても、気のおけぬ新しいサークルとなりました。団員たちは我が家で集会を開きました。母はお茶とお菓子を用意しましたが、それ以上の口出しはしませんでした。また父も、団員たちの話には加わらず、黙って見ていました。

「ド青11・1」は男子の団体でしたから、私たち姉妹は間接的にしか参加できなかったのですが、彼らにいろいろな本を教えてもらい、また彼らの歌を歌い、旅行の話を聞かせてもらいました。

トラックでシュツットガルトへ

「ド青11・1」の非合法的な活動は、ゲシュタポ（国家秘密警察）の知るところとなった。

一九三七年晩秋、ゲシュタポはドイツ中で捜査を開始し、ウルムのショル家の子どもたちも、「同盟青年団秘密結成」のかどで逮捕された。インゲも妹ゾフィーや二人の弟、ハンスやヴェルナーと共に、初めて拘禁された。

一九三七年の十一月でした。ある朝早く玄関のベルが鳴り、二人の男がドアを開けろと言いました。二人は、自分たちはゲシュタポで、家宅捜査をしたのち子どもたちを連行する、と言うのです。両親はとても驚きました。自分たちのところで一体どんなまずいことが起きたのか、二人には見当もつかなかったのです。それでも母はとっさの判断で、何か問題があるとすれば、二人の息子のことに違いないと思いました。母は買物かごを取ると、二人の男に「お二方《ふたかた》には申し訳ありませんが、急いでパン屋まで行ってこなくてはいけませんので」と言いました。「お二方」は同意しました。母親が一緒にいようがいまいが、かまわなかったのです。

母は部屋を出ました。弟たちは、屋根裏部屋を寝室にしていました。母は階段を上ると、危ないと思ったものを全部買物かごに詰め込みました。それからそれを、近所の知り合いのところへ持って行きました。母がもどると、ゲシュタポはちょうど家宅捜査を終え、私たちを連行するところでした。母は猛烈にくってかかりました。まったく、母のけんまくのすごかったこと。しかし母の抗議にもかかわらず、ゾフィー、ヴェルナーと私は連行され、市内の拘置所に入れられました。ハンスはこの時すでに軍隊に入っており、兵舎で逮捕されました。私たちは、まる一日拘置所に留め置かれました。もちろん別々にです。あとで、ゾフィーがすぐに釈放されたことを知りました。ゲシュタポは、ゾフィーを男の子とまちがえて一緒に連行してしまったのでした。

ヴェルナーと私は、この記念すべき日の夜、幌なしのトラックで、できたばかりのアウトバーンをウルムからシュツットガルトへと運ばれて行きました。かなりひどい走行でした。私たちは、同じように逮捕された少年たちと一緒に、吹雪の中、ガタガタ震えながら風の吹きすさぶシュヴァーベンアルプスを越えて行きました。シュツットガルトでは、皆独房に入れられました。この先どうなるのか、誰にもわかりませんでした。

独房で私は、一九三四年六月三十日に起きたヒトラーによるＳＡ（ナチス突撃隊）幹部の血の粛清のことを思わずにはおれませんでした。当時私は、かつての自分の同志を殺させるとはなんと恐ろしいことか、と思いました。おそらくあれは誤解から起きた事件だったのでしょう。それから三年後、私も拘置所にいました。私のいる独房の上や下で、人の足音やドアの開閉の音がしきりにしていました。父や母も、もしかすると捕まったかもしれません。今回私たちが逮捕されたのも、一九三四年の事件のように、たぶん誤解からではないか、と私は考えました。

私たちは八日間拘留されていました。尋問に呼び出されるまで、読書も作業も許されませんでした。二人のゲシュタポが尋問にあたりました。一人に、もうこれ以上尋問することがなくなると、もう一人が尋問を続けました。質問は例えば「今まで、抵抗グループのことを聞いたことがありますか？」というのです。私は「はい、新聞で読みました」と答えました。ゲシュタポが聞いているのは、『抵抗』という雑誌を発行し、その少し前に逮捕されていたエルンスト・ニーキシュとその仲間のことでした。「で、それについてどう思いますか？」「悪に立ち向かうため集まった仲間だろうと思います」すると二人は大声で笑い出しました。私の答えを、あまりにもばかばかしいと思ったのでしょう。二人が笑っているのはいい兆候だわ――私はこう思うと、一緒になって笑いました。また二人は尋ねました。「お宅からこの灰色と赤の本が見つかったんだが、この本のことをどう思いますか？」「灰色と赤というのは、いい配色だと思います」すると二人は、またさっきのように大声で笑いました。私は運がよかったのでしょう。この灰色と赤の本は「ド青11・1」の本だったのですから。

尋問ののち、私たちは釈放されました。母が釈放の知らせを受け、シュツットガルトまで私たちを迎えに来てくれました。私たちのおやつを持って、拘置所の待合室に落ち着き払って立っている母を見て、私は思いました――いかにも私たちのお母さんだわ、と。シュツットガルトの友だちを訪ねてから、私たちはウルムにもどりました。しかしハンスは、五週間近くも拘置されていました。ハンスやエルンスト・レーデン――彼も逮捕されていました――のような中心メンバーは、長く留め置かれたのです。軍隊でのハンスの上官は騎兵大尉で、この人はなかなか物のわかった人でした。この大尉は何回か拘置所に出向き、ゲシュタポに掛け合いました。「ハンス・ショルは軍属だ。もし何か取り締まる必要があるのなら、われわれの手で行う」こうしてハンスは釈放されました。これにひきかえ、あの頃みんなに慕われていたエルンスト・レーデンは、文学青年タイプだったにもかかわらず、半年以上もヴェルツハイムの強制収容所に入れられていました。

私たちきょうだいが連行されたことは、ゾフィーにも少なからぬ影響を与えたようです。「あんたたち、いったい何やらかしたの？」学校で、あの子はしつこく聞かれました。あの子がどう答えていたかは知りません。しかし、いずれにせよあの子はこのことをむしろ誇らしく思っていたようです。のちに父が刑務所送りとなった時に、母はロシアにいるハンスに、父の減刑嘆願書を書いてほしいと手紙を出したのですが、ハンスはこういって断ってきました。「ぼくたちは、みんなと同じように考えてはいけないのだと思います。これは、むしろ誇りです」と。ゾフィーも、この時のハンスと同じような気持ちだったのでしょう。あの子は、私たちの逮捕を誇りに思っていたに違いありません。

ここで、両親のことにふれておきたいと思います。我が家は当時、危険から身を守る小さな安全地帯でした。父と弟ハンスの確執も、この逮捕以来はすっかり過去のこととなりました。

我が家ではよく夕食後一緒に散歩に出かけました。好んで散歩したのは、ドナウ河畔でした。父がハンスがまだ釈放されずにいたころ、私たち姉妹はよく父と一緒に散歩に出かけました。父が私たちの逮捕にかなりのショックを受けていたことに、私は気づいていました。ある晩父は、今まで胸にたまっていたことを、全部吐き出しました。私たちは父と腕を組んで歩いていましたが、父は私の腕を自分の方に引き寄せると、こう言ったのです。「もし、やつらがわたしの子どもたちに危害を加えるようなことがあれば、わたしはベルリンに行って、やつを撃ち殺してやる」やつというのは、ヒトラーのことです。のち、ハンスとゾフィーがすでに処刑され、私たち残った者も再び拘禁された時に、私は思ったものです――ベルリンに行って、自分の子どもたちに危害を加えた人間を撃ち殺すなんて、そう簡単にはできないものだ、と。みんな、なんと無力だったことでしょう。しかし父はこう口に出して言ってくれたのです。父のことばは深く私の脳裏に刻み込まれました。このようなことばは、忘れないものです。おまえは大丈夫だ、という安心感を与えてくれるからです。後ろでちゃんと支えていてやるからな――ああいう時代にほ、これは大事なことでした。

今や私たちきょうだいは、足元の地盤が前にも増してもろく、危なっかしくなってきたのを感じていました。拘置されて以来、私はもうドイツ女子同盟には加わっておりませんでしたが、ある日のこと、友だちがびっくりしながら、ある指導者との話し合いの模様を話してくれました。この話し合いにはゾフィーも出席していたのですが、ある地位の高い女性の指導者が、読書会で読むテキストについてみんなと相談するために、わざわざシュツットガルトからウルムまでやって来たというのです。ゾフィーはハインリヒ・ハイネを提案したそうです。ハイネはユダヤ人の詩人でしたから、他の女の子たちは反対しました。するとゾフィーは、ほとんどささやくような声で「ハインリヒ・ハイネを知らない人は、ドイツ文学を知らないのです」と言ったそうです。

妹は夢中で踊りました

逮捕のショックは、当分の間続いていた。逮捕以来、ハンスとインゲは、ナチズムとは決別していたが、二人より年の若かったゾフィーは、まだそこまではいっていなかった。個々の体験からひとつの決断を引き出すためには、まだ時間が必要だったのである。この間、ゾフィーは学校側から何度も呼び出しを受けていた。ゾフィーが家で半ばおどけながら、しかしまた少し困惑したような様子で話したところによれば、学校側は彼女から何か秘密を――例えば秘密同盟に参加しているか、といったようなことをかぎ出そうとしたらしい。しかしこれはむしろ、ゾフィーの目を覚まさせる結果となったようである。ゾフィーの心はドイツ女子同盟から、だんだん離れていった。一九三四年、ヒトラー・ユーゲントへの入団が義務化されると、距離はさらに広がっていった。代わりにゾフィーは絵をかき、同じ年頃の他の女の子同様、ダンスパーティーに出かけるようになった。インゲは、当時の流行歌を今でもよく覚えているという。

私たちはよく一緒に、カーニバルや芸術家のパーティーに出かけました。あのころ流行っていたのは、タンゴ、フォックストロット、イングリッシュ・ワルツです。ダンスに合う流行歌もたくさんありました。中には「ぼくは君と一緒に天国まで踊ろう」のように、今でも時々ダンスに使われる曲もあります。ゾフィーは私に比べ、とてもダンスが上手でした。

妹は夢中で踊りました。ダンスに気持ちを集中して、おしゃべりもしないで。音楽に陶酔し、まわりの一切を忘れ、自分のパートナーにぴったりと調子を合わせていました。ある手紙の中でゾフィーは、学校の友だちが、自分の踊り方に「はしたない」と文句をつけたと書いています。いくら他人が自分の踊り方をはしたないと思おうが、自分ではどうしようもないのだ、とあの子は言っていました。

私たちは、午後よくアネリーゼのところに集まりました。彼女は蓄音機とダンス用のレコードを持っていたのです。アネリーゼのところで一九三七年、ゾフィーとフリッツ・ハルトナーゲルは知り合いました。ゾフィーは当時十六歳、フリッツはあの子より四つ年上でした。彼はポツダムの士官学校を卒業したばかりの幹部候補生で、当時はアウグスブルクにおりました。騎士道精神は士官にこそあるといって、彼は職業軍人の道を選んだのでした。また、フリッツが私に話してくれたところによれば、当時軍人は、ナチスとは一線を画していたとのことでした。すでに禁止されていた他の青少年団体の精神からすれば――フリッツもこういった青少年団体に加わっていました――彼にとって軍人とは、義務を伴うエリート集団でした。ゾフィーとフリッツの最初の出会いはごく短いものでしたが、会うたびごとに二人は親しさを増してゆき、戦争でその後たびたび離れ離れに過ごさなければならなかったにもかかわらず、友情は長く続きました。たまにしか会えませんでしたので、二人は代わりにせっせと手紙を書き合いました。手紙はゾフィーの方が多く書いていたようです。フリッツはあの子にとって、だんだん大事な人になっていったのです。

インタビューの途中、私はインゲに、愛、友情、性といった話題が、当時彼女やゾフィーが生活していた環境ではタブーだったのかどうかを尋ねてみた。

性に関する話題がタブーだったとは思いません。当時人々は、性に対し今日とは違った価値観を持っていたからです。性は当時、それほど重要視はされていませんでした。私の記憶する限りでは、セックスということばではなくエロティシズムということばが使われていたように思います。しかも、これは常に愛情を伴ったものというように考えられていました。愛とはあの頃、秩序と調和のある精神世界、そして同時にやさしいしぐさやまなざしで慈しみ合うことを意味していました。これにはもちろん愛撫も、それから今日まず第一に考えられるセックスも含まれていました。セックスは、別に悪いこととは思われてはいませんでしたが、でもそれは究極的なもので、最初からセックスのことしか考えないなどということはありませんでした。みんな待つということを知っていました。二人が時間をかけてだんだんと親しさを増していくことも、また楽しかったのです。今の若い人には、私の言っていることが、ずいぶんと古くさく聞こえるだろうということはわかっています。ですが、あの頃はどうだったか、私がどう思っていたか、それに、今でもこうしようと思えばできるのだということを私はお話ししているのです。

性の話がタブーではなかったという例をご紹介しましょう。ゾフィーと私はいつも同じ部屋で寝ていました。典型的な女の子の部屋で、ベッドとベッドの間がちょっとあいていて、ひとりひとりナイトテーブルを持っていました。その他洗面器、絵や写真、それに女の子の部屋になくてはならないお人形の乳母車などがありました。アビトゥアの一年前に、ゾフィーは学校で生物の時間に生殖器について習いました。ある晩、あの子は私に言いました。「お姉ちゃん、

ゾフィー（19 歳）

今日学校ですごいこと習ったの。話してあげる」そうしてあの子は紙と鉛筆を持って私のベッドにもぐり込むと、その日生物の先生に教わったことを、そのとおりに描いて見せました。そして私に、私が学校で習わなかったことを、熱心に教えてくれたのです。

第三帝国における性、友情、愛――これについてはセバスチァン・ハフナーがその著『ヒトラーについて』(一九七八)でいくらか言及している。「業績」の章で彼は、性意識の大転換と女性解放に触れて、次のように書いている。「女性解放運動はとりわけ第二次世界大戦中の六年間に、大きな進展を見せた。しかもナチスと国家が全面的にこれを支援したのである。第二次大戦中ほど、女性が男性の職場に進出したことはなかった……」

この「進出」はもちろん戦争中ゆえのことであった。これが本当に男女同権を推し進める一助となったのかどうかは、はなはだ疑問である。女性解放運動は二〇年代に躍進したが、その後、大きく後退した。ヒトラーにとって、女性はたいして大きな意味を持ってはいなかったのである。ヒトラーは女性を、自分の政治的目的のために利用したにすぎなかった。「女はまず何よりも、喜んで子どもを産む母親になるよう教育されました。ヒトラーには、東部での前線要員や植民地要員が必要だったのです。母性礼賛などというのもそのための宣伝でした」とインゲは説明する。

本——抵抗の第一歩

ゾフィーは読書家で、また友だちも多かった。本や友だちが自分たちにとってどういうものであったかを、インゲはこう話す。

トーマス・マン、バーナード・ショー、シュテファン・ツヴァイク、ヴェルナー・ベルゲングリューン、ポール・クローデル等の私たちが読んでいた本は、現代絵画同様、ナチスから は疎まれていましたが、社会に対して私たちの目を開かせてくれました。私たちに反ナチスの意識が芽生えてきたのです。

ところで、こういう本は空から降ってきたのではありません。友人たちが持って来てくれたのです。こういった友人たちとのつきあいは、あの頃、ゾフィーにとってとても大切でした。友情は当時、ヒトラーの支配する国家から共に身を守ることを意味していたのです。画家ベルトル・クライの奥さんがこう言っていました。「私たちには友だちがたくさんいて、みんなヒトラーに反対なんですよ。そして、この友だちひとりひとりに、また反ヒトラーの友だちがいる——こうして、反ヒトラーの巨大な地下網ができるわけです。みんな一緒にやればできるんです」と。

私たちは、お互いに面白い本を教え合うようになりました。私は、こういった本が抵抗の第一歩だったと思います。そしてさらには、経験は本からではなく、行動から生まれるものだということもみんなにはわかってきました。本は知識や刺激を与え、真実を知らしめます。しかしこれは、自分で正しいと思ったことを実行に移してこそ、初めて意義があるのです。

そういうわけで、ヒトラー・ユーゲントに入っていなかったオトルが、アビトゥアの直前に学校側が強要したヒトラー・ユーゲントの加入を断ったことは、私たちには大きなショックでした。オトルに好意的な大人たちは、アビトゥアが無事済ませられるように、形だけでいいからしばらくがまんしてヒトラー・ユーゲントに入るよう忠告しました。しかし彼は、たとえ形だけでもいやだといって、ガンとして承知しませんでした。オトルも、私たちにプラトンの『ソクラテスの弁明』、アウグスティヌスの『告白』、パスカルの『パンセ』、テオドア・ヘッカーの『人間とは何か』やマリタン、ベルナノス、ブロワといったフランスの哲学者や小説家の本を持ってきてくれた友だちのひとりでした。ゾフィーは人生の最後の何年間か、オトルやいちばん下の弟ヴェルナーと最も親しくしていました。

ハンスが入隊し、エリーザベトが職業訓練のため家を出ると、ゾフィーとヴェルナーは、子どもの時のように、また二人だけで家に残りました。ヴェルナーはゾフィーととても仲が良く、ゾフィーの写真の多くも彼が撮ったものです。ヴェルナーはその頃、屋根裏部屋の自分の部屋に、世界宗教の本を集めた小さな図書室を作ろうとしていました。ヴェルナーは「ド青11・1」時代すでに老子を読んでいましたが、それに今度は釈迦、孔子、サンスクリットの書物、コーラン、ギリシャの哲学書等が加わりました。オトルの手引きで弟は、原始キリスト教やキリスト教の思想家を知りました。こうしてヴェルナーは私たちの中でいちばん最初にキリスト教と深く関わるようになったのです。

このほかにヴェルナーは、まったく別なことを——たいていは夜中に——やっていました。ある朝、ウルム裁判所前にあるユスティティア（ローマ神話の正義の女神）像が、ハーケンクロイツ（ナチス・ドイツの国章となったかぎ十字）旗で目隠しをされていましたが、これ

ゾフィー（17歳頃）

はあとで、ヴェルナーの仕業だとわかりました。

月が雲とケンカする

ゾフィーは一九四〇年にアビトゥアを受けたが、それまでの二年間は、表面的には大きな問題もなく比較的平穏に過ぎていった。ゾフィーは、成績が下がらない程度に勉強していた。「時々学校は、まるで映画のように思えてきます」とゾフィーは手紙に書いている。「私は観客で、そこで行われていることは私とはほとんど関係がないのです」生物の先生エルゼ・フリース女史に対するゾフィーの反応も手紙にあるようなものであった。先生は授業中のゾフィーの態度を「まったく身を入れて聞いていない」と評している。しかしゾフィーに質問をすれば、すぐに我にもどって、ちゃんとした答えをしたという。

学校のほかにゾフィーは趣味、特に絵画や陶芸に打ち込んでいた。一九三八年、ゾフィーは友だちに宛てた手紙で、裸体画をやるときはいつも男性ばかりをかかされる、と言っている。先生である画家の言うところによると、裸体画では、男性はパンであり、女性ほケーキだということだった。ゾフィーは書いている。「私はケーキの方がいいわ!」

夏にはよく水泳をした。また木の下に座り、夢を見ることもゾフィーは好きだった。相変わらず自然が好きで、それどころか以前にもまして自然を愛していた。ゾフィーはバラの静かな気品を愛《め》で、風の思わぬ面を発見する。「ここ聖堂前の広場で風はおかしな冗談を言うのよ。笑わない人間がバカみたいだわ」

一九三八年の夏休みに、ゾフィーは友だちや弟のヴェルナーと共に北海に旅行し、漁船に乗っていて嵐に巻き込まれたりもした。翌一九三九年には、ブレーメン近くの芸術家村ヴォルプスヴェーデに数日間滞在し、芸術家たちの仕事ぶりを間近に見てきた。ブレーメン州立美術館では女流画家パウラ・モダーゾーンの絵に触れ、彼女に憧れを抱くようになった。またユーゲント様式《シュティール》の繊細なその絵にゾフィーが感動したハインリヒ・フォーゲラーについては、彼が、ロシアに亡命したことを知った。

しかしゾフィーは北ドイツの人々とは肌が合わず、旅行に出るとすぐにシュヴァーベンの故郷が懐かしくなった。ゾフィーはいつも早めに夏休みの計画を立て、懸命に倹約して旅行に必要な小遣いをためていた。時にはずっと先の将来のことを考えることもあった。「できることなら、田舎に住みたいわ。町は私に合わないのよ」とゾフィーは言っている。フリッツ・ハルトナーゲルとの関係は、日増しに親密なものとなっていった。ゾフィーは最初、二人がこのように親しくなろうとは思ってもいなかったようだ。フリッツは単に男の友だちのひとり、それだけのはずであった。しかし、頭で考えることと実際の感情とは別のものである。一九三九年十一月七日、フリッツ宛ての手紙でゾフィーは、フリッツに対する自分の立場をこう記している。

私は、とても穏やかな気持ちであなたのことを考えることができます。なんらの無理もせずにこうできることを、うれしく思います。この次はどこそこで会いましょうとか、いつも二人一緒にいましょうとか約束せずに、二人がつきあっていけるのは、すばらしいことだと思います。たいていはちょっとの間だけつきあって、熱が冷めれば別れてしまって、平然とそれぞれ別の道を進むのです。

また、一九三九年十一月二十八日付の手紙では――

あなたに会えない間は、夜になるといつも、二人でドナウ河のそばの小道を散歩した時のことを思い出しています。あの晩以来、ほとんど毎晩お月様がきれいですね。お月様が雲とケンカしていたの、覚えていますか？　今夜はお月様はまんまるで、かさをかぶってぼんやりしています。かさの周りが虹色になっています。

ゾフィー（17歳） イラー河畔にて

月が雲とケンカをする――美しい描写である。ゾフィーとフリッツは、どちらも互いを拘束せず、互いを思いやり、節度を保ったつきあいを続けた。ゾフィーは手紙の中でこうも言っている。自分のせいでフリッツが、何か自分たちの友情にひびが入るような感情を抱くのではないかと心配だ、と。彼女は、自分たちの関係がいかに壊れやすいものか、戦争や政治状況によっていかに簡単に切れてしまうものであるかを感知していた。一九三九年十一月二十八日付の手紙にもどろう。

フリッツ、あなたには、私の手紙がちょっとよそよそしい感じがすることでしょうね。たぶんあなたはあんまり忙しすぎて、自分の時間がないのではないでしょうか。それで私はちょっと心配なのです。だって、夜時々は私のことを考えてくれていますか？　あなたはきっと私たちの休暇のことを考えているのでしょうね。でも、お願いですから、今ある私の姿だけでなく、私が自分でこうなりたいと思っている私の姿をも考えて下さい。あなたが、こういう私も好きになってくれて初めて、私たちは完全に理解し合えるのです。私たちはまだお互いを知らなすぎます。これは私のせいです。いつもこういう気がしていましたが、おっくうで、変える努力をしなかったのです。でも、このために私たちの仲がだめになるなんて思わないで下さいね。私はいつもあなたのことを想っていますし、あなたを失わないようにと努力しているんですから。戦争中は特に、こういう努力が大切だと思います。戦争だから二人が別れなきゃいけないなんてこと、ないと思います。どうか私をわかって下さい。この手紙、ところどころよくわからないところがあるかもしれませんけれど、ごめんなさい。たぶん私の言っていることは、子どもっぽくて、言ってても言わなくてもどうでもいいことで、もしかしたらあなたを傷つけてしまったかもしれませんね。そういう時には、私はひとりよがりなのだと、私は、あなたも私と同じような考え方をしていると思い込んでいるのだということにして下さい。お元気でね。

ゾフィー

祖国のためだなどとは言わないでください

ゾフィーがいつナチスと決別したか、今となっては正確にはわからない。ただ学校生活最後の二年間、当時の表面的な気楽さにもかかわらずゾフィーには、ナチス統治に対し自分がどういう態度をとるべきか、だんだんわかっていったようである。周囲では、次々と政治的な大事件が起こり、ゾフィーはこれを注視していた。一九三八年三月、ドイツのオーストリア武力併合、同年十月上旬のドイツ軍のズデーテン地方（チェコのドイツ国境に近い地方）侵入、一九三八年十一月九日、ドイツ全土で、ドイツ人がユダヤ人やユダヤ人経営の商店等を襲った組織的な暴動、いわゆる「クリスタル・ナハト」（水晶の夜。襲われた建物のガラスが飛散したことからこう呼ばれる）。中でもこのクリスタル・ナハトにショル一家は驚き、憤激した。続いてスペイン人民戦争の終結――。父親のロベルトは、スイスラジオ放送でこのニュースを聞き、これから大変なことになるぞ、と思ったのだった。そしてついに一九三九年九月一日、ドイツ軍がポーランドに進撃し、第二次世界大戦が開始された。

ゾフィーは、召集された友だち全員から、決して発砲しないという約束を取り付けた。しかし、こんな約束をしたところで何の役にもたたないことは、ゾフィーにもよくわかっていた。この頃ゾフィーはフリッツに宛てて、かなり厳しい内容の手紙を送っている。「これからあなたたちも忙しくなりますね。人間の生命が、他の人間の手によってこれから絶えず危険に陥れられるなど、私にはとても理解できません。本当にわかりません。恐ろしいことだと思います。どうか祖国のためだなどとは言わないでください」

さらに数日後、ゾフィーはフリッツに、平和への見通しについてこう書き送っている。

「私たちは、戦争がまもなく終わるだろうなどという希望は抱いていません。ドイツは封鎖によりイギリスを打ち負かすだろうと、たいていの人は楽観しているようですが、まるでわかっていないのです。もうすぐ、すべてがわかるでしょうけれど……」

その頃、まだドイツにいたフリッツ宛てのゾフィーの手紙は、日ごとに調子が暗くなっていった。一九三九年までに、自分の家族、ユダヤ人、それに政府と考えを異にする人たちの身に起こったことにゾフィーは承服できなかった。戦争により状況は悪化する一方で、正義感の強いゾフィーは、これでいいのかと思わずにはいられなかった。自分のことのみを考えて黙っていることは、もはやゾフィーにはできなかった。特にこの戦争に士官として参加している愛する人に対して、黙ってはおれず、どうしても彼と話をしなければと思ったのだった。一九四〇年六月二十二日付で彼女はフリッツに、戦争に対して自分は彼とはまったく反対の立場におり、こういう二人が一緒に生活することはとても考えられないことだと書いている。

私たちがイデオロギーや、それと不可分な政治的な話をする時に、あなたと私の意見が対立するのは、ただあなたが私に反対意見を言いたいからではありませんか？　人間とはそういうものなのです、わかります。でも私は、ただあなたの言うことに反対したくて反対意見を述べたことなど一度もありません——たぶんあなたは心の中で、私もあなたに反対したくて反対しているのだと思っているのでしょう？　それどころか私は、自分でも気がつかないうちに、いつもあなたの仕事、あなたとは切り離すことのできない仕事に気を遣っているのです。あなたはおそらく自分の職業のことを思って、政治に関する問題をより慎重に判断し、あちこちで一歩譲っているのでしょう。

私はこのように意見の異なる者同士、少なくともやっていることの異なる者同士が一緒に生活するのは、無理だと思います。

世の中すべてが相反するからといって、人間までも対立しなければならないということはありません。しかし、人は皆そのように思っているようです。私たちはこの相反した世界に生きているので、それに従わなくてはいけないのかもしれません。そしてまたおかしなことに、よりにもよっていわゆるキリスト教徒にこのまったく非キリスト教的な考え方が見られるのです。

正義に身を捧げる人間などほとんど見られないのに、正義が勝つことなど期待できるでしょうか？

ここで私は、モーゼが昼も夜も、手を高くさしのべ神に勝利を祈ったという旧約聖書の中の話を思い出さずにはおれません。モーゼが手を下ろすや、味方に不利になるのです。今でも疲れを知らず、ひとつのことに全身全霊を打ち込める人間がいるでしょうか？　でも、モーゼの話をしたからといって、私もひとつのことに盲目的に専心しようというのではありません。ああ、私は精神を統一して、考えをまとめることができません。私が正しいと思うことを行うのは、私の行動のほんの一部にすぎません。でも時々私は、自分をこういった行動に駆り立てる黒い雲のようなものが怖くなり、無になりたい、もしくは、畑のうわ土か木の皮の切れっ端になってしまいたいと思います。でも、このような誘惑にとらわれるのは、きっと疲れているからでしょう。よくありませんね。

しかしこの疲れこそが、私の内にあるものの中で最大のものです。それゆえ私は、語るべき時にも黙し、また私たちのことであなたに言わなければならないことすらも言わないでしまうのです。これはこの次書くことにします。ああ、言いたいことを言い、やりたいことをやってよい、そして、がまんなんかしなくてもいい、そんな島にしばらくの間住めたらと思います。


ゾフィーは次々と手紙を書いて、戦争に対する、また軍人魂に関するフリッツの考えに対する、自分の反対意見を述べていった。フリッツは、軍人は今日は今日の政府、明日は明日の政府に従い、忠誠を誓わなければならないという。しかし、意に反する命令を受けた時にも、彼は忠実でありうるのだろうか？「私の知っている限りでは、あなたも戦争に諸手《もろて》をあげて賛成というのでもないでしょう？　なのにあなたは、来る日も来る日も人間を戦争のために訓練することしかやっていないのです」

一九四〇年九月二十三日付の手紙で、ゾフィーは自分の考えをはっきりさせるため、次のような比較を行っている。

国民に対する軍人の立場は、父親と家族に忠誠を誓う息子のようなものだと私は思います。父親が他の家族に対し不正を働き、いざこざを引き起こしても、息子は父親に従わなければならないのです。私は身内に対し、このようにまちがった理解を示すことはしません。私は正義は常に何ものにも優先されるべきもの、時にセンチメンタルな帰属性をも超えるべきものだと思います。

戦の際、自分が正しいと思う方に味方することができたら、どんなにいいでしょう。私は、例えば学校の先生が子どもに罰を与えた時に、どんなに子どもを愛していても、または愛しているからといって父親が子どもの側に立つのはまちがっているといつも思っていました。同じように、ドイツ人やフランス人が、ただ自分の国だからということだけでかたくなに自分の国を守るのも、まちがっていると思います。感情はしばしば判断を誤るものです。通りで兵隊さんたちを見れば、まして音楽が一緒だったりすると、私とても感激しますし、以前は行進の時に、涙が流れてきそうになるほどでした。でもこれは、年寄りの感傷というものです。こんなセンチメンタルな感情にとらわれるなんて、ばかげています。

昔、学校で、ドイツ人というのは個人的で、自分の独立した立場を大切にするのだ、という話を聞きました。たいていの人はドイツ人とはこういうものだと思っているようですし、また、まだ若くて自分の立場がよくわかっていなかった人の多くは、学校でこう言われると、なるほどそうか、自分たちはそういう人間だったのかと思って、安心して自分のことばかり考えるようになるのです。でも私は、自分のことばかりではなく、全体をも見なくてはいけないと思います。

私たちはこの戦争に負けます

かつては職業軍人で、現在はシュツットガルトで判事を務めるフリッツ・ハルトナーゲルは、ゾフィーとの交際について今まで公には沈黙を守ってきた。プライベートなことですので――こう言って彼は今まですべての質問を拒否してきた。しかし今回、歴史教師をしている長男の頼みを受けて、ゾフィーとのつきあいについて語ることを初めて承知してくれた。

私はテープレコーダーを持って、氏をシュツットガルトの自宅に訪ねた。一九一七年生まれの氏は、中肉中背、ウエーブのある黒い髪には、何本か白いものが混じる。目にはやや警戒の色が浮かんでおり、インタビューのすべり出しは、あまり好調とはいえなかった。

夫人のエリーザベト（ゾフィーの姉）が一緒に話に加わった。ゾフィーとは、まったくふつうの友だちづきあいだった、と氏は言う。戦争前、自分の父親の車でよくみんなでシュヴァーベンアルプスに出かけたが、時々ガソリンが不足して、変なところでドライブが終わってしまったものだと氏が言うと、そばで夫人がうなずいた。夫人も何回か一緒に出かけたことがあったのだ。氏は、ゾフィーを聖人視することには反対で、彼女はまったくふつうの女の子だったと言う。そうして氏は、ゾフィーが職業軍人であった氏に、むずかしい決断を迫ったという話をしてくれた。

政治に関しては、ゾフィーがいつも主導権を握っていました。私たちはよく議論しましたが、意見が一致することはまずありませんでした。たいていは私が不承々々、彼女の考えに従うのでした。戦争の最中《さなか》に「僕はこの戦争に反対だ」とか「ドイツはこの戦争に負けるだろう」などと言うことは、私にはできませんでした。しかし何年かたつうちに、ゾフィーばかりではなく私もまた、自分を考え込ませるような出来事を数多く見聞きしました。一九三三年以後の、ナチス政府反対者の保護検束、及びショル一家で間接的に体験したユダヤ人迫害がそれです。義父のロベルトは、税理士としてユダヤ人とよくつきあっていましたが、その中の何人かは、商売を打ち切らなければならなかったり、あるいはある日突然、姿を消したりしました。

あるユダヤ人医師の未亡人が、よくショル家に遊びに来ていました。この人の亡くなったご主人は、第一次大戦中に軍医としての功績から、かなり位の高い勲章を受けていました。誕生日には、ウルム市長から必ず手書きのお祝いの手紙が届き、一家はウルムの名士に数えられていました。未亡人には、自分が新しい権力者にとってはもう何の意味もないこと、過去の功績が無に帰してしまったことが、どうしても理解できませんでした。ある日、夫人はショル家に来ると、亡くなったご主人の写真ののっているアルバムを預け、私にはピストルを手渡しました。これを預かってくれるのは軍人の私が一番ふさわしいと言って。数日後、夫人は強制収容所に連れていかれました。

一九三八年十一月九日のクリスタル・ナハト——ユダヤ人や、ユダヤ人経営の商店やシナゴーグに対する組織的な暴挙にまでエスカレートしたユダヤ人迫害に、私は特に衝撃を受けました。軍人であった間、直接殺人の命令を受けたことは一度もありませんでしたが、しかしロシアで列車に乗っている時に、私は将校たちの話を聞いてしまいました。彼らは、ユダヤ人大量殺りくの話をしていました。しかも、ユダヤ人を殺すのはまったく当たり前のことだ、というように……。私は、自分がこうして突然真実を知ってしまったことに、愕然となりました。それまでいわゆる敵側放送で、ナチスの残虐行為や大量殺りくについて、時々聞いたことはありましたが、いつもまさかと思っており、それが誇大報道なのか、それとも真実なのか、わからないでいました。こうして私には、自分が軍人として仕えている政府が犯罪政府であるということが、だんだんはっきりしてきたのでした。しかし職業軍人として、内的葛藤を乗り越え、反対の立場に移るまでには、まだ時間が必要でした。今日明日で態度を百八十度転換することなど、できませんでした。

打算的なところがまるでなく多感なゾフィーは、事態を厳しく判断し、彼女の態度は終始一貫していました。例えば一九四一年から四二年にかけての冬、ドイツでは、国防軍に冬物衣料を寄付しようという大キャンペーンが張られました。ドイツ軍兵士はレニングラードとモスクワの手前で、冬の陣を目指していましたが、ただ装備の方は、まったく冬に備えていなかったのです。オーバー、毛布、スキー等が必要でした。しかしゾフィーは、「私たちは何も寄付してはいけない」と言い張りました。ちょうど私は、ロシア前線からもどったばかりでした。ワイマールで新しい中隊を編成せよとの指令を受けたのです。ゾフィーがこのキャンペーンに猛反対しているという話を聞きましたので、私は、このような非協力的な態度をとっていると、あの厳寒の地で手袋もセーターも厚手の靴下もなしでいる兵士たちがどうなるかということを彼女に話して聞かせました。しかしゾフィーはガンとして譲らず、こう言うのです。「ドイツ兵が凍死するのも、ロシア兵が凍死するのも同じことよ。どっちも同じようにひどいと思うわ。でも、私たちはこの戦争に負けなきゃいけないの。今、私たちが冬物衣類を寄付すれば、戦争を長びかせることになるのよ」

こういう考え方に私はショックを受けました。私たちは激しい議論を繰り返しましたが、そのうち私には、ゾフィーは自分の態度を白か黒かはっきりさせているだけなのだ、ということがわかってきました。ヒトラーに賛成するかしないかの、どちらかしかなかったのです。ヒトラーに反対なら、この戦争に勝ってはならなかったのです。というのも、ヒトラーを片付けるには、軍事的な敗北以外、方法がなかったからです。つまり、敵に有利でわがドイツ軍に不利なことによってのみ、われわれに平和がもどってくる、というのでした。

フレーベル・ゼミナール

一九四〇年三月、ゾフィーはアビトゥアを苦もなくパスした。彼女は、この大学入学資格試験を今までの進級試験と比べて特別大事な試験だとは思っていなかった。アビトゥアの少し前にゾフィーは、突然休暇のとれたフリッツと山へ行くため、二、三日学校をサボっている。

ゾフィーはアビトゥアのあと、できることならすぐに生物と哲学を大学で学びたいと思ったのだが、そのためにはまず半年間、ドイツ帝国勤労奉仕団で働かなければならなかった。この奉仕団が、日ごとに貴重になっていく安い労働力の確保を目的としていたことは、言うまでもないことである。この奉仕作業を逃れるためゾフィーは、ウルムで幼稚園教師を養成するフレーベル（ドイツの教育家で幼稚園の創始者）・ゼミナールに参加することにした。ゼミナールの開始は五月の初めで、アビトゥアからゼミナールが始まるまでの数週間、ゾフィーはインゲや親友のリサ・レンピスと、近くを自転車で旅行して回った。この自転車旅行からゾフィーは、自分たちは地球がまだ大丈夫かどうかを調べるために派遣された「神の使者」のような気がする、「そして、私たちは地球はとても美しいと思いました」と書き送っている。

フレーベル・ゼミナールは、しかしなかなか大変だった。ゾフィーは子どもが大好きだったが、毎日大勢の子どもたちと一緒に過ごすのは、初めての経験だった。ゾフィーはこの新しい仕事に一生懸命だった。自分の勉強のために、子どもひとりひとりの評価を記録し、幼児のことばの発達の遅れについて考察した。このような考察の記録を見ると、ゾフィーの観察が細かく、また記述も正確だということがよくわかるであろう。またゾフィーは、自分自身の省察も忘れてはいなかった。彼女は自分を評して、子どもたちとつきあうには、まだ忍耐力が足りないと記している。

一九四〇年八月、ゾフィーはシュヴァルツヴァルトのバート・デュルハイムにある施設で、四週間の実習を行うことになった。七十歳の退役少佐と四十五歳の夫人の経営するこの施設では、胃腸障害を持つ子どもたちを預かっていた。ウルムから来たこの新米教師は、最初、年長の子どもたちにだいぶ手を焼かされたようである。ゾフィーにはほとんどの子どもたちが、生意気で、乱暴で、バカで甘やかされていると映った。子どもたちは、いわゆる良家の子女であった。一般の労働者の家庭には、バート・デュルハイムのような温泉地の高価な施設に子どもを保養に出すような余裕はなかった。ほかにも、ゾフィーの神経がまいってしまうようなことはいくらでもあった。ゾフィーは、ヒステリックな別の実習生と相部屋だった。しかも部屋は狭く、ルームメイトは夜、いびきをかくか、突然笑い出すかするのだった。ゾフィーはこのルームメイトのことを「ニワトリ程度の脳みそと百三十ポンド（約六十五キログラム）の不愛想な肉のかたまり」だと姉のエリーザベトに書いている。その上、彼女はからだを洗うのは月に一度で、それで自分は充分きれいだと思っているとのことだった。

ゾフィーはバート・デュルハイムからも前線にいる友だち、家族、親友のリサにせっせと手紙を書き送った。ゾフィーはみんなの身を案じながらも、返事を催促するのを忘れなかった。「なるべく早くお返事下さい」ゾフィーの手紙には必ずこう書いてあった。兵役についている兵士のように、家に帰れる日を指折り数えながら四週間を過ごしたのち、一九四〇年九月、ゾフィーはウルムにもどった。

しかし、ゾフィーがさらに研修を続けたウルムのフレーベル・ゼミナールにも、政治は介入してきた。牧師の娘ズザンネ・ヒルツェルは、ウルムでゾフィーと一緒にこのゼミナールに通ったが、一九七九年八月二十七日、ゾフィーの思い出を、インゲに宛ててこう記している。

　ゾフィーは引っ込み思案で、もの静かで、どちらかというと内にこもっている方でした。話し方も静かで、たいていの人は彼女を恥ずかしがりやだと思っていました。しかし、いったん彼女と本当に知り合うと、とても自信家で、自分はみんなより優れているのだ、と思っていることがわかるのですが、でも、これは無理のないことだったと思います。彼女がこう思っていることはしかし、他の人にはほとんどわかりませんでした。彼女は他の人々と距離を保っていたのです。彼女の心はこの幼稚園での仕事ではなく、どこか別にあるということに私たちは気がついていました。ある日、私たち少女団のリーダーは全員呼び集められ、正式にリーダーをやめさせられました（女子同盟団員が少女団のリーダーを務めていた）。理由は、グループの旗に勝手に自分たちのシンボルマークをつけたからというのです。しかし、私たちの未来を台無しにしないため、という寛大な計らいで、私たちは女子同盟団員としてナチス組織に残ることを許されました。ゾフィーはこの組織全体をまったくおろかしく、くだらないうそっぱちだと言っていました。「本当は自分を偽ってがまんして仕事をして、上の役職までいって、それからこのうそっぱち全部にフタをするべきなのね」私が今ゾフィーのこのことばをここに書いたのは「それに対し何ができるか」ということを、ゾフィーがずいぶん早くから考えていたことを示すためです。フレーベル・ゼミナールでの一年は、表面的にはかなり穏やかなものでした。例えば団旗掲揚は簡単ですぐに終わりましたし、ゼミナールの責任者のクレッチマーさんは、ナチスの信奉者ではありませんでした。本心をあかさずにいる、ということを心得た人でした。そこでゾフィーと私は思い切って、全員で拝聴することになっていたラジオのヒトラーの演説の時間に本を読むことにしました。クレッチマーさんは私たちがラジオを聴いていないことに気が付きましたが、軽く注意しただけでした。私たちをもっと厳しく罰することだってできたはずでしたのに。

私たちは、いわば二つの世界で生活していました。一つの世界で私たちは、大いに満足していました。例えばフレーベル・ゼミナールのお別れ会では、シラーの「手袋」を朗読に合わせてパントマイムで上演しました。ゾフィーもこのばか騒ぎをみんなと一緒に楽しみました。私たちは絵心のあるゾフィーの指導の下、大聖堂広場の彼女の家で、道化師のまねをして友だちのことを歌や絵にして演じる練習をしました。しかし他方では、私たちはとても懐疑的になっており、不安を抱いておりました。この戦争、政党と人間の愚行は、これからいったいどうなるのだろう、という思いがありました。

ドイツ帝国勤労奉仕団で

一九四一年三月、ゾフィーは幼稚園の教員試験に合格した。アビトゥアを済ませてから一年になるのだが、大学進学はまだ許されなかった。当局がフレーベル・ゼミナールを、勤労奉仕に代わるものとは認めてくれなかったからである。ゾフィーは、ウルムで幼稚園の教員試験を済ませた四週間後には、勤労奉仕団の制服に身をつつみ、ドナウ河上流のクラウヒェンヴィースという村で勤労奉仕に従事していた。荒れ果てた城館が宿舎にあてられ、城館の隣は、広い公園になっていた。それからの六か月間は、ゾフィーにとって耐えがたいものであった。まずほホームシックと寒さにまいってしまったが、しかしなんといってもひどかったのは教練と上官のいやがらせ。加えて仲間のくだらないおしゃべりにゾフィーはどうにもがまんがならなかった。「私たちはまるで囚人のような生活を送っています。ここでは作業だけではなく、自由時間も仕事になるのです」ゾフィーは手紙にこう書いている。個人の権利として唯一許されるのは、夜シャワーを浴びることと、手紙を出すことと受け取ることだった。監督官は女の子たちを作業女としか呼ばず、また実際、作業女としてしか扱ってくれなかった。ゾフィーはこの監督官にだいぶ不満を抱いていたようである。「時々あの人に大声で言ってやりたくなります。『私の名前はゾフィー・ショルです。覚えて下さい！』と」

ゾフィーは他の女の子たちとは距離を置いていた。親しくなったのはごくわずかだった。みんなの話すことといえば男の子の話ばかりで、ゾフィーはうんざりしていた。しかしこういう仲間のこともゾフィーはなんとか理解しようとしたが、厳しい状況の中では、いきおい評価も辛くなった。「質はあまりよくない」と彼女は書いている。夜、ベッドの中で懐中電灯をつけながら、もしくは日中、わずかの休み時間に、禁止されているトーマス・マンの『魔の山』や聖アウグスティヌスの『構造としての形態』といった本を読んでいる自分が、みんなにはずいぶん高慢に映っているだろうということは、ゾフィーにもわかっていた。この読書は、勤労奉仕の数か月の間、「砂にうずもれてしまわない」ために、ゾフィーが自分に課した日課のひとつだった。一九四一年六月初め、ゾフィーは初めて戸外労働に回された。これはゾフィーにとってつかの間の自由ではあったが、しかし同時に肉体的な重労働でもあった。一九四一年六月三日付の姉インゲ宛ての手紙を見よう。

お姉さん、今日、初めて外で作業しました。毎日私がどんなにきれいな道を通って畑まで行くか、わかります？　毎日一時間、森を抜け、自転車で走るのです——もっとも、時々この道のりを呪うこともありますが。丘を越え、丘を下り——ここは地面がなだらかに上がったり下がったりしていて、空がそれだけよけいに重要なのです。今日はことのほかきれいでした。とても暖かく、畑では暑いくらいでした。雲の浮かんだ空がずっと向こうまで広がっていて、何もかもぬけるように青い空の中にあって、まもなく雷が来そうでした。実際、ものすごい雷が鳴りましたが――空をバックにモミの梢のなんと美しかったこと――たいしたこともなく通りすぎました。

私の初めての戸外作業は、ケシ苗の間の草取りでした。うねの間を何時間も腰をかがめて草をむしりながら、しかも余計なものは引き抜かないように注意しながらやるので、そのためますます腰をかがめることになるのですが、この仕事を最初から要領よく、しかもあとでやり直しさせられないようにやるにはどうしたらいいか、とずっと考えていました――だって、ケシが大きくなるまで、三、四回も草取りをしなくちゃいけないんです。でも途中で自分の考えていることがおかしくなってしまいました。結局は同じことの繰り返しなんですから。つまり、ケシの苗だけしか植わっていないきれいなうねが理論で、ケシが雑草にうもれているうねが実践というわけ。このへんであきらめて、しんぼう強く草むしりをした方がいいのです……。

農家での畑仕事は、肉体的には重労働だったにもかかわらずこれまでの作業よりは、はるかによかった。が、宿舎では相変わらずだった。ゾフィーは十人のルームメイトと共同で寝室を使っていた。食糧事情はドイツ全体が悪く、従って宿舎の食事も量が少なかった。たいていは、皮つきのゆでたじゃがいもだった。しかし農家ではいつも新鮮なミルクと自家製のパンが出た。畑仕事の結果を、ゾフィーは皮肉っぽくこう描写している。手の水ぶくれはだんだんとたこになり、手は娘らしさとはほど遠くたくましくなったようだ。体格もがっしりしてきたが、戦争中なのだから、これはむしろ喜ぶべきことかもしれない、と。一九四一年夏、ゾフィーはフランス人の捕虜と知り合った。彼は工員で、ゾフィーはこの捕虜と一日、木をのこぎりでひく仕事を与えられた。二人は政治や戦争について話をしたが、自分たちの意見がたいして違わないということに二人は気が付いた。この夏の間、姉のインゲがオトルと一緒に、週末に何度かゾフィーを訪ね、ゾフィーはこの訪問をとても喜んだ。インゲはこの時の模様をこう語る。

土曜日、ゾフィーは私たちが訪問することを知り、自分の監督官に話し了解を得ました。ところがこの土曜の午後、私は三回も宿舎に足を運び、監督官にゾフィーを連れ出してもいいかどうかを尋ねなくてはならなかったのです。一回目は「三十分したらまた来て下さい」ということでした。言われたとおりにすると「まだだめです。夕方六時に来て下さい」と言われました。

六時にまた行くと「今、全員夕食をとっています。また出直して下さい」短い訪問の間に私がされたこういういやがらせを、ゾフィーはずっとがまんしなくてはいけなかったのです。やっとのことでゾフィーを外に連れ出すと、感じのいい店を見つけて、一緒に飲んだり食べたりしました。そのあと宿舎になっている城館のそばの、草木のぼうぼうと繁った公園を散歩しました。もちろんゾフィーは夜には宿舎にもどらなくてはなりません。翌朝、私たちは再びゾフィーに面会する許可を得、一緒に朝食をとりました。

この時突然ラジオから、ドイツ軍がロシアに侵攻したというニュースが流れてきました。この瞬間——その日は一九四一年六月二十二日の日曜日でした——私たちはゾッとしました。私たちには、それが何を意味するのかすぐにわかりました。私たちはすでに、政治的想像力——といっておきましょう——をかき集め、この日を予期していたのでした。

この日曜日は、ラジオのおぞましいニュースにもかかわらず、すばらしい日となりました。ドナウの上流地帯は、南ドイツでも最も美しい地方のひとつです。私たちはドナウ河に沿って森の中を散歩しました。夜、ゾフィーと別れる時には、病気の人を病院に見舞った時のように、あの子と一緒に残ってやれないのが不憫でなりませんでした。愛する人間をひとりあとに残さなくてはならないのは、つらいものです。

ゾフィー（右下）の20歳の誕生日
1941年5月，クラウヒェンヴィースの勤労奉仕団宿舎にて

父親がよく口にしていたゲーテの一句を、勤労奉仕をしていた数か月の間に、ゾフィーはよく思い出していた。「すべての権力に立ち向かうべし！」　父親はよく大声で「すべての！」としか言わなかったが、家族の者にはこれで充分だった。ゾフィーの場合これは、自分自身に対する厳しさと、まわりの心地良さを捨て、良心の選択に従うということを意味していた。自分に対するこの厳しさを彼女はたびたび要求された。弟のヴェルナーがフランスに派遣され、ボーイフレンドのフリッツは機甲部隊でロシアの前線におり、手紙のやりとりもうまくいかず、また自分も勤労奉仕で大学進学の夢がかなえられず――ゾフィーがこの時期かなり苦しんだことは、手紙や日記に読みとることができる。「今、いろいろな点で戦争の影響が顕著になってきた

ように思う」勤労奉仕は一九四一年八月末に終わる予定であったが、ゾフィーは、このくびきから逃れられる日を心待ちにしていた。

神について

もうすぐふつうの生活にもどれるとのゾフィーの期待はしかし、今後大学の新入生には、帝国勤労奉仕団の他に、六か月の学徒動員が課せられることになったというラジオのニュースに、見事裏切られてしまった。ゾフィーはすっかり意気消沈してしまったが、すぐにまた気を取り直した。まもなくクラウヒェンヴィースの宿舎を離れられることは、いずにせようれしかった。ゾフィーは一九四一年十月の初めには、スイスとの国境に近い小さな町ブルームベルクの託児所で保母として仕事を始めていた。仕事はきつかったが、少なくとも自由に行動することができた。それにまた、ゾフィーは長いこと会っていなかったフリッツにも再会することができた。彼はロシアからワイマールに呼びもどされ、そこで北アフリカ戦線のために特別部隊を編成することになったのだった。一九四一年から四二年の冬、二人はフライブルクでたびたび週末を一緒に過ごした。二人はいろいろな話をしたが、ゾフィーはフリッツが変わったこと、落ち着きを増したことに気がついた。ゾフィーは宗教的なテーマをよく話に持ち出した。宗教は政治的問題と深く結びついていると思ったからだった。再びインゲの話を聞こう。

ゾフィーの宗教観がどう変わっていったかをお話しするのはむずかしいことです。というのも、あの頃の若い人たちは、今とは違った問題をかかえていたからです。ゾフィーにとって宗教とは、自分の存在の意義、歴史の意味と目的を探究することでした。

すべての若い人同様、ゾフィーにも自己啓蒙の時期がありました。子どもの頃考えていたことに疑問を抱くようになり、分別がつき、自分の人生を自分で切り開いてゆくようになるのです。この年頃の自己実現の過程で人は自由を発見し、同時に進路と可能性に不安を覚えます。ここで多くは探究をあきらめ、宗教から離れ、社会の行動規範に埋没してしまうのですが、ゾフィーはここで新たに省察と模索を始めました。それはあの子が生活していた社会とその規範が、あの子にとってとても疑わしいものになってきたからです。しかし、人生はあの子に何を期待していたのでしょう？　あの子は、神が自分の自由と大きく関わっている、神が自分に挑戦しているということを察知しました。自由はゾフィーにとって、ますます大きな意味を持つようになってきました。まったく自由のなかったあの時代において、神について問いを発することが、あの子の目を周りの世界へと向けていきました。そして、そうするうちにあの子は、自分の生活にのみ閉じこもり、第三帝国と戦争の破局を黙って見ていることができなくなったのです。日々進むのがたとえわずかであっても、それは自由を取りもどす契機となり、もうあとに引くことは許されませんでした。しかし、ゾフィーは何度か引き返したいと思ったことでしょう。

生物万般は、それを創った者の力に支配されているということは、自然を通してあの子にはわかっていました。しかし、それだけではありません。神と関わることは、自分自身を知ることであり、神は我が身を詳細に映すことのできる鏡だということもあの子は知っていました。当時の私たちにとって、神こそが真実の中の真実なるもの、個人の中の個人的なるもの、美しきものの中の美しきものでした。神こそが存在の本質、死と破壊に打ち勝つ人生の勝利でした。この秘めたる力から、親しく呼びかけることのでき、私たちを愛してくれる親しみのもてる神へと近づくことは、過ぎたる要求であり、大きな冒険でした。ここまで決心するには、かなりの時間が必要でした。リサ・レンピス宛ての手紙にゾフィーはこう書いています。「まわりで起きている恐ろしいことにもかかわらず、何もかもこんなに美しいのは不思議じゃありません？　しかも、それはなぜかという理由がわかっているのですから、ほとんど恐ろしくさえなってきます。すべての美しいものに対する私の喜びに、大きなわけのわからぬものが割って入り、それは何かというと、無垢な創造物たちが自分たちの美しさをもって誉めたたえる、創造主の予感なのです。それゆえ、人間のみが元来、醜くなれるのです。なぜかというと、人間はこの創造主への賛歌に加わらない自由意志を持つからです。もうそろそろ人間も、この賛歌を大砲の音や呪い文句や悪態で妨げるのをやめにしようと思ってもいいのではないでしょうか？　去年の春私は、人間はこの創造主への賛歌を妨げることはできないと悟り、私もこの賛歌に加わろうと決心しました」

準備完了——ミュンヘンへ

一九四一年のクリスマスには、ゾフィーの学徒動員期間も半分が終わっていた。数か月来初めて、ゾフィーはいくらかほっとすることができた。託児所の仕事はきつく、もうかなりくたびれていた。保母とはいっても、子どもの世話ばかりでなく、掃除もしなくてはならなかった。手紙によれば「今朝はいす百五十脚、机二十個を洗いました」という日もあり、しかもこれは日課の一部にすぎなかった。クリスマスと新年の休暇を終えてもどってみると、託児所には厳格この上ない監督官が転任してくることになり、残りの三か月はなんとも大変なことになりそうだった。それでもなんとか無事過ぎて、それどころか最後には子どもたちとの別れがつらかったほどであった。特に女の子たちがゾフィーにとてもなついていた。ゾフィーは、これで自分も一人前の保母になったと思った。

一九四二年三月、ゾフィーはウルムにもどった。まずは疲れをいやし、今までの、孤独で、自分だけを頼りにがんばってきた生活から、また家族と一緒の生活になじんでいった。家事や父親の事務所を手伝い、以前のようにハイキングに出かけた。そして五月の初め、ゾフィーは再び家を離れることになった。アビトゥアから二年、ようやくミュンヘン大学で生物と哲学を勉強できることになったのだ。インゲは『白バラ』の中で、妹の出発の様子を次のように記している。

あれはちょうどゾフィーの二十一歳の誕生日の前の晩でした。「明日から大学で勉強できるなんて、まだ信じられないわ」ゾフィーは、ホールで娘のブラウスにアイロンをかけている母におやすみのキスをしながらこう言いました。床には洋服や洗いたての下着やその他諸々、ゾフィーの新しい学生生活に必要なものを詰め込んだスーツケースが、ふたを開けたままにして置いてありました。スーツケースの横には、こんがりといい色に焼け、おいしそうなにおいのするケーキを入れたバッグがありました。ゾフィーは身をかがめるとケーキのにおいをかぎ、ケーキと一緒にワインも一本入っていることに気がつきました。翌朝、準備もすっかりできて、期待に胸ふくらませて立っていた妹の姿が今でもまぶたに浮かびます。誕生日のお祝いのテーブルからとった黄色のマーガレットを一本頭に差して、つやつやしたブルネットの髪をまっすぐ肩までたらし、妹はとてもきれいでした。大きな黒い瞳でためすように、しかし同時に意欲も見せて、ゾフィーは世の中を見ていました。顔にはまだあどけなさとかわいらしさが残っていました。

第3章
列車の中で、教室で、裏庭で——
不安と共に

明日の朝
私はまだ生きているだろうか？

ゾフィー（21歳）

ミュンヘンでの新生活

一九四二年五月九日、ゾフィーは列車で、ウルムから百五十キロ離れたミュンヘンに向かっていた。この二十一回目の誕生日が自分の最後の誕生日になろうとは、まだ知る由もなかった。頭の中は、これから新しい生活を始めるミュンヘンのことでいっぱいだった。列車がミュンヘン中央駅に着くか着かないうちから、ゾフィーはもう兄ハンスの姿を見つけ、顔を輝かせた。この街でさみしい思いをすることなんて絶対ないわ——ミュンヘンに着いた瞬間から、ゾフィーは思った。もうずいぶん前から、自分と趣味の似ているこの兄のそばで生活したいと思っていた。今、二人は肩を並べ、急ぎ足でハンスの下宿に向かっていた。「今晩、ぼくの友だちを紹介するよ」ハンスが言った。

ハンスの部屋でゾフィーの誕生祝いが開かれ、一同はゾフィーがウルムから持ってきたワインとケーキを楽しんだ。みんなはゾフィーを、昔からの友だちのように温かく仲間に迎え入れてくれた。この晩以後、ゾフィーは兄を取り巻く友人たちと、親しくつきあうようになった。彼らはほとんどが医学生で、同じ学生中隊に属しており、いつ何時、前線に送られてもいいように軍事訓練を行っていた。ハンスの最も親しい友人は、アレキサンダー・シュモレル（通称シュリク、もしくはアレックス)、クリストフ(クリストル)・プロープスト、それにヴィリー・グラーフだった。シュモレルはロシア人の母とミュンヘンではかなり名の知れた医者を父に持ち、医学を専攻したのは自分の関心からというよりは、むしろ父親のためであった。ゾフィーはのちによく彼と一緒に素描や彫塑をした。クリストフ・プロープストは、バイエルンの教養ある家庭の出身で、ゾフィーは彼の知性と幅広い教養に感嘆し、「彼はハンスにいい影響を与えていると思います」と手紙に書いている。彼の宗教や哲学に関する考え方は、特にゾフィーと似ていたようである。また、ヴィリー・グラーフの考え方も彼女に近かった。グラーフはザールブリュッケンの出身で、すでに禁止されていたカトリックの青年団体「新ドイツ」の熱心なメンバーだった。グラーフは、一九三七年、ハンスやインゲ、ヴェルナーと同じく、ゲシュタポに逮捕されていた。

ゾフィーのミュンヘンでの生活は、最初の日から楽しいものであった。まわりはみんなフランクで、友情に拘束されるようなわずらわしさもなく、美術や文学や音楽を愛し、自然を賛美し——何もかも、ゾフィーの思い描いていたとおりの生活だった。

またゾフィーは、兄や友人たちに大きな影響を与えたカール・ムート教授とも、すぐに知り合いになった。七十五歳のムート教授は、ナチスに禁止された雑誌『高地』の編集者で、この雑誌は、進歩的なキリスト教徒から高い評価を受けていた。この文芸・哲学誌には、一九三三

兄ハンス（1941 年頃）

年四月から発行停止処分となる一九四一年六月までの間、ヒトラーの名前は一度も登場していない。ハンスは、ムート教授の膨大な蔵書の整理を手伝い、そのお礼として教授は、まだ下宿の決まっていなかったゾフィーに、ミュンヘン近くのゾルンにある自宅の一室を提供した。この親切に対しゾフィーは、兄や友人たちとハイキングに出た折など、厳しい食糧事情の下で健康を害している教授のために物資を調達して、お返しとした。何も手に入れることができなかった時には、家に手紙を書いた。一九四二年六月六日付の家族宛ての手紙に、ゾフィーはムート教授について次のように書いている。

先生の具合はあまりよくありません。先生は、いろいろな出来事（当時ドイツでは手紙の検閲が行われており、人々は、戦争やユダヤ人迫害等のナチスの暴挙を単に「出来事」と呼んでいた）にすっかりまいっていて、また、配給品では先生の健康を維持することはとても無理です。先生のために小麦粉を一、二キロ、手に入れていただけないでしょうか？　小麦粉が特に足りないのです。先生は黒パンは食べられませんから。それから鱒《ます》を、手に入り次第、またお願いします。ふつうの人にとってはあってもなくてもいいようなこういうものが、先生の健康には、ぜひとも必要なのです。

ウルムでは大都市のミュンヘンよりも食糧事情がよかったから、ゾフィーの頼みもたいていすぐにきいてもらえた。

同じ手紙の先を読もう。

おとといの晩、ハンスの依頼で、作家のジギスムント・フォン・ラデツキーが、二十人くらいの人を集めて、エッセイや詩や翻訳を朗読しました。彼の朗読はとってもすばらしくて——身振り手振りを交えて、読むというより演じるといった方がいいくらいです——私たちは大笑いしました。昔、彼は俳優だったそうです。きっと名優だったことでしょう。あとで彼も入れて五人で、私の部屋に来ました。彼は三か月ほど旅行に出るそうで残念ですが、もどったら私たちの仲間に入ると言ってくれました。

ゾフィーは手紙にあるような朗読会、芝居、コンサート等をいつも楽しみにしており、こういう催し物はいくらあっても足りないくらいだった。しかし討論となると、夜遅くまで続くこともしょっちゅうで、また、外国語や専門用語が多くとびかったりしたため、ゾフィーにはむずかしすぎたようである。それで、たいていは黙って聞いているだけで、自分から話に加わることはほとんどなかった。

こういった集まりによく来ていた女子学生、特にハンブルク出身の医学生トラウテ・ラフレンツと哲学科の学生カタリーナ・ジューデコプが、大学のことや何かで、よくゾフィーのめんどうを見てくれた。ゾフィーはこの二人と、兄のところだけではなく、少しの食糧キップでも食事をしてワインの飲めるレストラン「ボデガ」や「ロンバルディ」でたびたび会っていた。

白バラ——ぼくたちは何かしなくちゃいけない

失敗には終わったものの、ヒトラーが一九二三年ミュンヘン一揆を起こそうとした〝運動の町〟ミュンヘンは、ナチス・ドイツの第二の首都といってよかった。ミュンヘン大学はドイツでも最も伝統ある、そして最も保守的な大学のひとつであった。一九三三年三月、ベルリンで焚書が行われると、バイエルン州の文部大臣ハンス・シェムは、大学教官やナチス学生団に手伝わせてミュンヘンでも焚書を行い、当時ドイツから追放されていた作家の書物を「炎に引き渡した」のだった。燃やされた本の中には、トーマス・マン及びハインリヒ・マン、エーリヒ・ケストナー、シュテファン・ツヴァイク、フランツ・ヴェルフェル、ベルトルト・ブレヒト、それにエーリヒ＝マリア・レマルクといったゾフィーやハンスやミュンヘンの仲間たちが尊敬していた作家の本が多数含まれていた。今やミュンヘン大学ほ、ナチスの精神的牙城とならねばならなかった。大学の事務総長ワルター・ヴュスト教授は、ナチスの高官でもあり、それを自分の使命と心得ていた。

この大学で学生たちが一九四一年の夏以来、ベルリンの独裁者やドイツに散らばるその手先たちに抵抗する手立てはないかと話し合っていたのは、まったくの偶然ではなかった。保守勢力の強いところにほ、必ずその反対勢力が生じるものである。ハンスを中心とする学生グループは、一九四二年春にほ、もう議論は充分しつくされた、今こそ何か行動を起こすべきだという結論に達していた。ミュンヘンの建築家マンフレッド・アイケマイヤーは、職業柄よくポーランドやロシアに出かけていたが、学生たちに、占領地区でナチスが行っている大量強制送還や大量殺りくの話をして聞かせた。またハンスは、フランスの占領地区の野戦病院で働いたことがあり、そこでナチスが人々に与えた苦しみを目の当たりにしていた。ユダヤ人や精神障害者が、残酷にも抹殺されているという話は、一般にまったく知られていなかったわけではない。みんな事実を知ろうとしなかっただけなのだ。何をちゅうちょしているのか！　もうこれ以上ぐずぐずしている理由はない。残る問題はどうやって抵抗するか、ということだけだ――彼らはビラをもって、国民にヒトラーに対する抵抗を呼びかけることにした。

このことについてインゲは次のように述べている。

彼らが、あまり大きな効果は期待できそうもないビラ作戦をとることにしたのは、注意すべきことだと思います。彼らは、啓蒙的なビラを配って、消極的な抵抗運動を起こそうとしたのです。爆弾を落とすことだってできたでしょうに。でもこれでは犠牲者が出ました。ハンスやゾフィーは、独裁者を殺害することだって、あるいはやっていたかもしれません。実際ハンスはミュンヘンの修道院の図書館に何日かこもって、ヒトラーを殺すにはどうしたらいいかと本気で考えていたくらいですから。

彼らは国民に、抵抗に立ち上がれと呼びかけましたが、しかし、力ずくの解放を訴えたわけではありません。ビラには、特にあとになって作られたビラに、こういう誤解を招くようなことばがあるかもしれませんが。彼らが考えていたことは、ひとりひとりが自分の力でできる範囲のことをして、政府の地盤を揺るがし、独裁者に反対する国民感情を盛り上げようということでした。例えば、乾パンを集め仲介者を通して強制収容所の人々に届けたり、強制収容所にいる人々の残された家族のめんどうを見たり、また、ロシア前線にいる兵士のために冬物衣類を寄付するのは、ヒトラーの戦争を長びかせることになるのだから、寄付はしないとか、捕虜や外国人強制労働者の人格を認めるとか——こういうことは、実際的ですぐに効果が現れ、誰にでもできる抵抗です。

こういった行動の基盤となったのは、キリスト教です。フランスで実存主義が抵抗の哲学であったように、ドイツでも、セーレン・キルケゴールやテオドア・ヘッカーの強い影響を受けたキリスト教的実存主義が抵抗を支えていました。教会の上層部はナチスが台頭してきた頃、ナチスと政教条約を結び、そのため手も足も出ない状態で沈黙していました。しかし、無数のキリスト教徒が地下にもぐり、一部は抵抗運動に加わりました。カール・ムート教授とテオドア・ヘッカーが、人を拘束しない、解放された自由なキリスト教への道をつけてくれました。この実存主義の合理性については、このように言われていました。「これ以上理性で考えられなくなったら神を信じてもよい。理性で、もうカバーできなくなったところに初めて信仰の存在が許される」と。たとえ一瞬たりとも理性を忘れるということは、ゾフィーにとってできないことではなかったにしても、むずかしいことだったと思います。

「白バラ」のメンバーはキリスト教の理念に支えられ、ことばだけで抵抗を語るのではなく、実際に行動を起こすことにしたのです。反対しているばかりではいけない、何かしなくてはいけないということを、彼らは悟ったのです。気の遠くなるような不可能の壁に小さな可能性の穴をあけようとしたのです。たとえどんなに小さくとも可能性を追求するということは、妹のゾフィーにとってはとても大切なことでした。あの子はヤコブの手紙（新約聖書）にあるように「御言《みことば》を行う人になりなさい。ただ聞くだけの者となってはいけない」を座右の銘としていました。

ゾフィーを行動にかりたてたのは――「白バラ」のメンバーが、もしかしたら自分たちの生命を危険にさらすことになるかもしれないということを覚悟の上でとった行動に妹をかりたてたのは、結局はキリスト教でした。ゾフィーはミュンヘンでいろいろ刺激を受けました。友人たちのところで目にした生きたキリスト教精神は、美辞麗句を並べたてた空理空論よりも、はるかに説得力がありました。ある時、ウルムにもどって来た妹は、おかしそうに、エラスムス研究会を作り、偉大なるロッテルダムのヒューマニスト、エラスムスを勉強しょうというある教授の話をしてくれました。あの子は笑いながらこう言いました。「あの先生ったら、まるで目下のところ私たちにはエラスムス研究会を作ること以外、大事なことはないみたいな話し方をするのよ!」

白バラのビラ

ビラ作りの最初の実際的な準備は、アレキサンダー・シュモレルが行った。彼がいちばん小遣いに恵まれていたので、タイプライター、原紙、謄写版、紙を購入した。建築家のアイケマイヤーがレオポルド通りの自分のアトリエを使っていいと言ってくれた。アトリエは裏庭にあって表からは目立たず、こういう作業を行うには恰好な場所であった。ここで、一九四二年の五、六、七月に最初の四枚のビラが作られた。初めは各々数百枚しか刷らなかったが、後にはもっと枚数を増やしている。ビラには「白バラのビラ」と記してあった。「白バラ」という名前がどこからきたのか、定かではない。インゲは、一九六四年アムステルダムで行われた講演会で次のように説明している。

名前の正確な意味は、もはや確かめようもありません。これは推測にすぎませんが、たぶん所属機関名などが書いてなく空白で、誰が書いたかわからないビラだということを言いたかったのではないでしょうか。所属機関名が書いてないというのは、政党や宗教とは関係がないということです。誰が書いたかわからないというのは、受け取った人々に、何か危険な組織と関わり合いになるのではないか、という不安を抱かせないためです。また、空白ということには、次のような意味もあるのではないかと思います。これは、弟ハンスから最後にもらった手紙のひとつに書いてあったことですが――。「ぼくは時々、もう書くことがいやになってくるのです。昔は白い紙をことばで埋めていくことが、あれほど愉しかったのに。今、ぼくは、白い紙の方が好きです。これは、美学的に白い紙の方がきれいだということではなく、白い紙にはまだそうそも薄っぺらな主張も書かれておらず、可能性が潜在しており、ぼくもがまんして、いつかまた書くことに喜びを覚える日の来ることを待つことができるからです」

上段左からクリストフ・プロープスト 1919年生まれ, 1943年2月22日処刑.
アレキサンダー・シュモレル 1917年生まれ, 1943年7月13日処刑.
下段左からヴィリー・グラーフ 1918年生まれ, 1943年10月12日処刑.
クルト・フーバー教授 1893年生まれ, 1943年7月13日処刑.

他にもまだ「白バラ」の意味は考えられる。例えば、一九三八年に出版されたクリューガー＝ロレンツェンの『ドイツ語の慣用及びその意味』によれば、バラは「昔から沈黙と秘密保持のシンボル」であったという。「富裕なローマ人の饗宴の際、天井にバラを一本下げておくと、そこでの話はオフレコという意味であった」

おそらくハンスは、B・トラーヴェンの小説『白いバラ』も読んでいたのであろう。この小説は、メキシコの農民が、石油コンツェルンのエンジニアや経営者の権謀術数と戦う話である。しかし、これもあくまで推測である。「白バラ」の名前の由来は、グループの行動そのものと深く関わっているように思う。すべてが極秘裏に行われなければならなかったので、多くが細かい点で不詳なのは、仕方のないことであろう。

最初の「白バラ」のビラは、ハンス・ショルとアレキサンダー・シュモレルとクリストフ・プロープストが共同で作成した。それは次のようなことばで始まっている。

無責任で疑わしい欲求にかられた支配者に統治を許すことほど、文化民族にふさわしからぬことはない。まともなドイツ人なら、今日、みな自らの政府を恥じているのではないだろうか？　われわれの目からウロコが落ちて、残忍きわまりなく、度を過ぎた犯罪が白日のもとにさらされる時、われわれとわれわれの子孫がどれほどの恥辱を受けることになるか、誰に予想できようか？　ドイツ民族が、その最も本質的なところにおいてすでに堕落し崩壊し、手一本動かすことなく歴史の疑わしい合法性を軽率にも信用して、人間が所有する最高のもの、また人間を生物全般の長たらしめる最高のもの、すなわち自由意志を放棄するならば、歴史の流れに自分も割って入り、流れを自分の理性的な判断に従わせるという人間の自由を放棄するならば――もしドイツ人が、人格も失い、すでにこれほどまでに才知も意気地もない集団となってしまったのならば、滅亡こそがドイツ人にはふさわしいであろう。

消極的な抵抗に立ち上がれという呼びかけは、ビラの中頃に出てきており、「どうかこのビラをできるだけ多く複写して広めてほしい」と読者に呼びかけ、ビラは終わっている。ビラはミュンヘン市内やその近郊で、無作為に抽出された人々に送付されたが、このビラの出現は、一大センセーションを引き起こした。というのもドイツではもう長いこと、このようなことをあえて公然と口にする人間はいなかったからである。この「爆弾投下」に、街中は無気味に静まりかえった。重苦しい沈黙のまっただ中に、抵抗を呼びかけるビラが舞い込んできたのである。ある者は「当然の義務」としてすぐにこのビラを警察に届けたが、ある者は誰も見ていなかったことを確かめ、ビラをすばやくどこかにしまい込んだ。しかし中には、ビラの最後に書かれてあった呼びかけに従った勇気ある人々もいたのである。彼らはビラをひそかにタイプすると、周りに広めていった。この時のことを振り返り、こう語っている人もいる。「やっとあの政府に対して何かできることを、私たちがどれほどうれしく思ったか、今の人にはわからないでしょうね」

続く三枚のビラの内容はもっと具体的である。ビラは、「ポーランド制圧以来、三十万人のユダヤ人がこの国でとても残忍な方法で殺された」事実を伝え、ポーランドの貴族の子弟全員が抹殺され、女子は、ノルウェーのナチス親衛隊の慰安所へ送られたこと、この犯罪をこれからもただ傍観する者は、こういった人々からその罪を決して許されることはないだろうと述べている。「罪はみんなにあるのだ！」

資料・「白バラ」の第四のビラ――白バラは諸君に安らぎを与えず！

子どもたちがくり返し言われる教えに「言うことを聞かない者は痛い思いをしなくてはならぬ」というのがある。しかし、賢い子どもなら、一度熱いストーブで指をやけどすれば、二度と同じことは繰り返さないであろう。ここ数週間の間にヒトラーは、アフリカとロシアで勝利をおさめた。その結果、ドイツ国民の間には、一方にはオプティミズムが、また他方には当惑とペシミズムが、ふだんはのんびりしているドイツ人に似合わぬ速さで生じてきた。いたるところでヒトラーの反対者、すなわち国民のよりよい一部の人たちの嘆き、失望し、落胆する声が聞かれ、これは、「ここまできたらヒトラーは、もしや勝利を手にするのではなかろうか……？」という叫び声で終わることもしばしばであった。

そうこうするうちドイツ軍のエジプト攻撃は行き詰まり、ロンメル将軍は危険にさらされた状況の中で、身動きがとれないでいる——しかし、東部戦線ではなおも前進が続いている。この見せかけの勝利ほ、いたましい犠牲のもとにあがなわれたもので、もはや戦況が有利だということにはならない。それゆえわれわれは、あらゆるオプティミズムに警告する。

誰が死者の数を数えたか？　ヒトラーかゲッベルス（ヒトラー政権の宣伝相。言論統制と巧妙な扇動宣伝によるナチス・ドイツの陰の立役者）か？　——おそらくそのどちらでもあるまい。ロシアでは毎日何千人もの人間が死んでいる。今や収穫の季節、人々は力いっぱい豊かな実りに鎌を打ち下ろす。悲報はふるさとの小屋に届くのだが、そこには母親たちの涙をふいてくれる者はいない。しかしヒトラーは、母親たちの最も貴い財産を取り上げ、無意味な死へ駆りたてておきながら、母親たちにうそをつくのだ。

ヒトラーの口から出ることばはすべてうそである。彼が平和と言えは戦争のことで、不届きにも全能の神の名を口にすれば、それは悪の力、堕天使、悪魔のことである。彼の口は、悪臭ただよう地獄の口であり、彼の権力は、根本においては下劣なものである。たしかにナチスのテロ国家と戦うには、理性的手段を用いなければならないだろう。しかし、悪霊の力が本当に存在することを疑う者は、この戦争の形而上的背景を理解することはとてもできないのだ。具体的なもの、感覚的に認知できるもの、あらゆる客観的論理的思考の背後に、非合理的なもの、すなわち悪霊との戦い、反キリスト者の使者との戦いがあるのだ。あらゆるところ、あらゆる時代に悪霊は、人間が弱くなる時、人間が、神が自由の上に築きたもうた秩序の中にある地位を勝手に捨てる時、人間が悪の圧力に屈し、より高い秩序の力から逃れて自分から進んで第一歩を踏み外し、以後第二歩、第三歩とますます速度を増して進んで行く時、そういう時を闇にかくれて、うかがってきた。あらゆるところ、また最大の危機にひんしたあらゆる時代に人間は立ち上がり、預言者や聖人は自分たちの自由を守り、唯一の神を示し、国民に神の助けにより引き返すよう警告してきた。たしかに人間は自由であるが、真の神なくしては悪に対して無力である。嵐にもてあそばれた舵のない船、母のない赤ん坊、立ち消える雲のようなものである。

キリスト教徒の諸君に私は聞きたい。諸君の最高の財産を守るこの戦いで、ためらい、策をめぐらし、諸君を守るために誰かが武器をとってくれるだろうと期待して、決断を先にのばすことなど、できるのだろうか？　神自ら諸君に戦う力と勇気を与えて下さったのではないか？　われわれは、悪の最も強大なところを攻撃しなければならない。そしてそれは、ヒトラーの権力である。

「わたしはまた、日の下に行われるすべての虐《しいた》げを見た。見よ、虐げられる者の涙を。彼らを慰める者はない。虐げる者の手には権力がある。しかし彼らを慰める者はいない。それで、わたしはなお生きている生存者よりも、すでに死んだ死者を、さいわいな者と思った……」（旧約聖書『伝道の書』）

ノヴァーリス「真の無政府状態からは宗教が生まれる。すべての現実的なるものの根絶から宗教は、新しい創世者として輝かしき頭をもたげる……。もしヨーロッパが再び目覚めたいと思うのなら、数々の州から成る一国家が、ひとつの政治的原理がわれわれの目前に迫っているのなら……ヒエラルキーなどが連合国家の原理でなければならないのだろうか？　……諸国民が、自分たちが翻弄されている恐ろしい狂気に気づき、聖なる音楽に打たれ、心静かにかつての祭壇に諸民族が一緒になって進み、平和の行為を認め、硝煙たなびく戦場で、熱い涙を流しながら平和の祭りを盛大に祝わぬうちは、血はヨーロッパ中で流れ続けるであろう。ただ宗教のみがヨーロッパを再び目覚めさせ、国際法を守り、キリスト教徒を新たな栄光と共に、はっきりと地上における調停者に任じることができるのである」

われわれは「白バラ」が国外の権力に雇われているのではないことをきっぱりと指摘しておく。ナチス権力が軍隊の力で打ち砕かれなくてはならないことは、われわれも知っている。しかしわれわれは、重傷を負ったドイツ精神を内側から再生したいと思っているのである。この再生のためにはしかし、ドイツ国民がしょいこんだすべての罪をはっきりと認め、ヒトラーと無数の手下、党員、キスリング（ノルウェーのナチス協力者）たちと容赦なく戦わなくてはならない。満身の力をこめて、国民のよりよい部分と、ナチズムに関わるすべてのものとの間にある亀裂を引き裂かなくてはならない。ヒトラーとその一味の行為にふさわしい罰は、この世にはない。しかし、次の世代への愛情から、この戦争が終わったら、また同じようなことをやろうなどという気には誰もなれないような見せしめを行う必要がある。この組織の者は、どんなに下っ端であっても忘れず、名前を記憶し、ひとりとして逃してはならぬ！　このような残忍なことをしておきながら、最後の瞬間になおも態度を翻し、何もなかったかのような顔をさせてはならぬ！

なお、諸君を安心させるために付け加えれば「白バラのビラ」の読者の住所はどこにも書き留めてはいない。住所は、人名簿から無作為に抽出したものである。

われわれは沈黙しない。われわれは諸君の良心の呵責である。白バラは諸君に安らぎを与えず！

確かなものはなにもない

「彼らは妥協の海の中に、抵抗の小さな島を築いたのだ」とアメリカの作家リチャード・ハンザーは、一九七九年ニューヨークで出版された『崇高なる反逆』（A Noble Treason）の中で「白バラ」についてこう述べている。この島で生活していたのは、最初はハンス、アレキサンダー、ヴィリー、クリストフの四人だけであった。抵抗は、孤独と不安を意味し、自分のやっていることを誰かに安易に知らせたりするのは、両者にとって危険なことであった。そういうわけで、初めのうち四人とつきあいのあった他の学生たちが、このビラを誰が書いて、どこから来たのか知らなかったのも仕方のないことだった。

ゾフィーがいつからこのビラ運動に加わるようになったのか、詳細は不明である。ハンスは初め、妹を危険に陥れないようゾフィーをこのことには近づけないようにしていたのかもしれない。今となってはもうわからないことであるが……。しかし、フリッツ・ハルトナーゲルの話によれは、ゾフィーはすでに一九四二年の五月に、謄写版を手に入れてほしいと彼に頼んでいるという。理由は言わなかった。フリッツはしかし、謄写版を手に入れることはできなかった。おそらくゾフィーは、ミュンヘンに着くと間もなく地下活動に関する話し合いに加わっていたとみてよいであろう。

トラウテ・ラフレンツは、「白バラ」のことを知るに至った経緯を、一九四七年インゲの頼みにより、こう記している。

一九四二年六月初め、下宿に最初の「白バラのビラ」が郵送されてきました。ことば遣いや構文、ゲーテや老子の引用で、私はこれが私たちの手になることを悟りました。ただ、ハンスがこれを自分で書いたのかどうかは、まだわかりませんでした。しかし次には、私がハンスに与えた「説教書」からの引用があり、私は彼がこれを書いたに違いないと思いました。私はハンスに、あなたが書いたのか、と尋ねました。するとハンスほ、「こういう場合いつもすぐに、書いた者は誰かと尋ねるのはまちがっている。こういうことを聞くと、書いた者の立場を危うくするばかりだ。直接これに関わる人間の数はごくわずかでなくてはいけない。あんまり詳しく知らない方が、君のためだよ」と言うのです。これで私の態度も決まりました。私は彼について、ビラ配りに協力しました。

しかし、彼らのビラ活動は、ここで一時中断せざるをえなくなった。クリストフ・プロープストを除き、ハンスと彼の友人たちが所属する学生中隊が、突然ロシアに派遣されることになったのである。一九四二年七月二十二日が出発であった。出発の前の日の晩、彼らはもう一度アイケマイヤーのアトリエに集まり、ロシアからもどったら再び抵抗運動を続けようと話し合った。しかし誰もが、今、先のことを話し合ったとて果たしてどうなるのか、という思いを抱いていた。そもそもみんなもどって来れるのだろうか？　ゾフィーは口数少なく隅の方に座っていた。ミュンヘンに来て三か月経つか経たないうちに、またもや兄と別れなければならないのだ。翌朝、全員駅に集合した。ひとりが記念に写真をとった。兄たちが出発した数日後、ゾフィーは親友リサ・レンピスに手紙を書いた。

私がミュンヘンに来てから親しくなった人たちと一緒に、ハンスは先週ロシアへ発ちました。お別れのことばやしぐさのひとつひとつを、私はまだはっきりと覚えています。

想いは自由……

夏学期が終わると、ゾフィーはすぐにウルムにとんで帰った。どうしても至急もどらなければならない理由があったのだ。一九四二年八月三日、父親の公判が行われることになっていたからである。父親のロベルトは、不用意にも自分の事務所の女子事務員の前で、政治に関する

1942年7月，ロシア出征直前のアレキサンダー・シュモレル（右端）
ゾフィー（中央），ハンス（ゾフィーの左隣）

自分の意見を述べ、ヒトラーを「天のムチ」（五世紀にヨーロッパを荒らしたフン族の王アティラの異称）と呼んだのだった。女子事務員がゲシュタポに届け出て、ある朝早く――一九三七年の十一月の時のように――二人の男がドアのベルを鳴らし、ゲシュタポだと告げた。ロベルトにいくつか質問をしたあと二人は家宅捜査をし、彼とインゲを連行した。彼女の逮捕は二度目であった。

ゲシュタポは、押収した書類を入れた小さなカバンをひとつ持って行った。カバンには、ナポレオンに関する批判的な論文も入っており、この論文はわかる人が読めば、ヒトラーをナポレオンになぞらえてあるのだと気がつくように書かれていた。ゲシュタポの事務室でインゲは、たまたま係官が席をはずし、秘書がわざとわきを向いていてくれた間に、この論文を抜き取ることができた。尋問で取り調べ官はインゲに、ライナー＝マリア・リルケの住所をきいた。恐らく取り調べ官は、押収した書類の中にリルケの名前を見つけ、これが誰かわからず、あやしい人物とでも思ったのであろう。インゲはほっと息をつくと、リルケはもうずいぶん前に死んでいる、と答えた。尋問ののち、インゲは釈放された。

父親のロベルトは、数日してようやく釈放されたが、しかしゲシュタポは「彼の件」はまだ片づいてはいないのだと言った。この「彼の件」については、一九四二年八月初めにウルムの特別裁判所で判決が下されることとなった。ロベルト・ショルは「背信」のかどで、四か月の禁固刑となった。家族は二週間ごとに彼に手紙を出すことを許され、彼も四週間に一度は家族に手紙を書いてよかった。密告が日常茶飯事のナチスの監視国家においては、すべてが細かく定められていた。

一九四二年九月七日、ゾフィーは次のような手紙を父親に送っている。

お父さん

お手紙どうもありがとう。みんなとてもうれしく拝見しました。私は、このいわゆる「罰」によっても、お父さんの勇気がくじけることはないと思っています。私は、今のこの時間はお父さんには必要だと、ある意味では一番いいことではないかと思います。といっても、お父さんを刑務所に送り込んだ人々のことばを一言だって忘れたわけではありません。でも私は復讐心からこんなことを言っているのではありません。お父さんも御存じの、まったく別の理由からです。いろいろ説明をしてくれるお父さんがいないので、私はニュースをちゃんと聞いて、よくヨーロッパの地図を見ています。フランクフルト新聞は届いたでしょう？　いちばん大事なニュースも読みましたね？

戦場からはいいニュースばかりです。私がお父さんのことを手紙に書いて知らせた人たちみんなから、お父さんによろしくとのことです。みんなお父さんのことを考えています。わかるでしょう、お父さん。お父さんはひとりではありません。私たちの想いは、壁をも砕きます（ドイツ民謡「想いは自由」の中の歌詞）。そう、想いは自由なのです！

ゾフィー

父親のロベルトが「私の娘たちの中でいちばん賢い子」と呼んだゾフィーは、勇気があり、頭もよかった。「想いは自由」——このことばも、よく父親が口にしていたものだった。この時期、ゾフィーは病気の母親を抱え、とりわけしっかりしていなくてはならなかった。父親は刑務所、母親は心臓が悪く、兄と弟はロシアに行っていた。表面は元気にしつつも、ゾフィーはしかしだいぶまいっていた。それでも夜にはよく刑務所の近くまで行って、今や自分たちのシンボルとなった曲「想いは自由」を父親のために笛で吹くのだった。

青いデニム服で流れ作業

父親の公判の他にも、ゾフィーにはどうしてもウルムにもどらなければならない理由があった。帝国勤労奉仕団と学徒動員に加えて、ゾフィーはナチス国家のために再び勤労奉仕作業に従事しなければならなかった。兵站《へいたん》要員、すなわち軍需工場で二か月間、前線に補給物資を送るために働くのだった。肉体労働を強制されることよりも、自分が無意味な殺りくを長びかせることに加担しているという事実に、ゾフィーはショックを受けていた。しかし彼女はもう、この仕事を逃れる別の道を探そうとはしなかった。やってみたとて、どのみち徒労に終わるだろうことはわかっていたからだ。ただ、せめて具合の悪い母のために、仕事の開始を九月まで延ばしてもらいたいと申し出たのだが、これさえも聞き入れてもらえなかった。一九四二年八月、ゾフィーは二か月の予定で軍需工場に仕事に出たが、これは二十一歳のゾフィーにとっては苦しい経験だった。工場では、学生ばかりでなくロシアからの「作業奴隷」も働いていた。一九四二年九月二日、ゾフィーはリサに宛てて、工場の仕事の味気なさ、疎外感をこう書き送っている。

軍需工場は、いやなところです。単調で活気のない仕事、まったくのメカニズム、仕事の全体もわからず、流れ作業で同じ仕事の繰り返し。この仕事の目的が私にはおぞましく、肉体的ばかりではなく、精神的にも私はまいっています。絶え間ない機械の音、休憩時間を知らせるけたたましいサイレンの音、まるで機械に捕まえられて身動きがとれないかのように機械のそばに立っている人間の屈辱的な姿――こういったものに私はますますいらいらしてきます。お百姓さんや手工業者の、それどころか道路掃除の仕事だって、これに比べたら何とすばらしいことでしょう。ここでいちばん楽しいのは、毎週土曜日にする機械の掃除です。これには少なくとも、機械をピカピカに磨きあげるという目的がありますし、主婦が台所をピカピカに磨きあげた時のような満足感もあります。

私の隣では、とてもすてきなロシア人の女の人が働いています。私は片言のロシア語を時々ためしに使ってみます。新しいことばもいくつか覚えました。例えばcepzibs――イアリングのことです。ロシア人はとてもアクセサリーが好きで、ほとんどの人が耳に安っぽいピアスをしています。全体にロシアの女の人は私たちより子どもっぽいような気がします。私たちドイツ人とつきあう時も、まったく無邪気で、これっぽっちも人を疑うなんてことをしないのです。でもこれは彼女たちのとてもいいところだと思います。こっぴどく叱られても、一言もわからないから、ケラケラと笑うだけなんです。私たちすぐれたヨーロッパ人の猜疑心や商取引がロシアにも導入されるとしたら、とても残念なことだと思います。

感情対理性

軍需工場での仕事がきつかったにもかかわらず、ゾフィーは数年前から書き始めた日記を休まず書き続けていた。日記には自分が考えたこと、感じたこと、見た夢のことなどが書き記されている。ゾフィーの文章は美しく味わい深い。一九四二年八月の日記には、夢の話が書いてある。

私はハンスとシュリクと散歩に出た。私が真ん中にいて二人の手を取り、半分歩いたり半分スキップしながら、時々二人に体を持ち上げてもらってはブランコのように体をゆらゆらさせながら歩いていた。と、ハンスが言った。「ぼくは、現代においても神の存在と行為を簡単に証明できると思う。人間は息をするのに空気を必要とし、そのうち、空じゅうが人間の呼吸に使われた汚れた空気でいっぱいになってしまう。しかし、血液が必要としている空気がなくなってしまわないように、神は時々われわれの世界に息をひと吹き送り込み、この神の息が汚れた空気に浸み渡り、清浄にするんだ。これが神の御業《みわざ》だ」それからハンスは、息を深く吸い込むと、暗い空に向け、それを吐き出した。ハンスの吐き出した息は輝くばかりに青く、どんどんどんどんふくらんでいって天まで届くと、汚れた雲を吹き飛ばし、私たちのまわりの空は、清らかに青く、きれいになった。

このあと日記には、大戦最中《さなか》の一九四二年、ドイツ人が直面していた危機についても書かれている。いつ何時攻撃を受けて死ぬかもしれないというのに、ゾフィーは平静だった。

多くの人は、この時代をこの世の最後の時間だと思っている。実際周りでは、そう思うに足る充分な恐ろしい出来事が起きている。しかし、こう考えることは、二義的な意味しか持たないのではないだろうか？　なぜなら、人間はいかなる時代に生きていようと、次の瞬間には神に呼び出され、申し開きをしなければならないかもしれないと、常に考えていなければならないのだから。明日の朝、私がまだ生きているかどうか、私にはわからないのだ。爆弾一発で、私たちは今夜のうちにも死んでしまうかもしれない。そうなったからといって、私が地球や星と共に滅び去った時よりも、私の罪が軽くなるわけでもない。

また日記には、自然についても多く書かれている。夢の中でゾフィーはいかだの上に立ち、「荒々しい風に身をなぶらせ」ている。太陽がやさしくゾフィーに口づけし、彼女も太陽に口づけを返す。そして、「こうしてひとりでいることがうれしくて」大声で叫び出したい衝動にかられ、自分の内に力の湧き起こるのを感じるという。情感豊かな自然賛美は、冷徹な彼女の思考とは、対照的である。

ハンブルクの評論家エーリヒ・クビーは、ショル兄妹の処刑から十年後の一九五三年、「白バラ」に関する論文を発表し、その中でゾフィーの理性的な面と情緒的な面を次のように説明している。

ゾフィー・ショルは、他のほとんどの年長の友人たちよりも、大人で思慮深かった。ゾフィーの理性は感情に左右されず、感情も理性に拘束されない。冷徹な理性と豊かな情緒とは彼女の場合、まったく別々に存在していたのである。

ゾフィーが理性的であり、かつまた情緒的であるということは、フリッツに宛てた手紙からも見てとれる。ゾフィーは、一九四二年の春以来フリッツに会っておらず、手紙のやりとりもむずかしくなっていた。ゾフィーには、自分の手紙がちゃんとフリッツの手許に届いているのかどうかもわからなかった。一九四二年十月七日、ハンスがロシアからもどって来ることになっていたが、この日、ゾフィーはフリッツに宛ててこう書いている。

今夜、ハンスがロシアからもどってきます。またハンスとミュンヘンの私たちの小さなアパートで一緒に生活できる日を、今から楽しみにしています。きっと、また充実した日々が送れることでしょう。

でも、兄の帰還を私はなぜか心の底から喜ぶことができないのです。今の私たちの落着かない生活、明日を楽しく夢見ることもできず、不安が暗い影を投げかけ、私は昼も夜も、一分たりとも、気が晴れることがないのです。いったいいつまで私たちは、たいして価値もないことにピリピリと神経をとがらせたり、気を遣ったりしていなくてはいけないのでしょう？　口を開く前に、これから言うことは誤解される恐れはないかとよくよく考えてからでなければ、物も言えない。相手を信じるよりも、疑い、用心してかかる。いつまでもこういうことをやっていたのでは疲れますし、それに何より悲しくなります。でも、私はこんなことではくじけません。こんなくだらないことに、負けたりはしません。私には、誰にも侵すことのできない喜びや愉しみがあるのですから。このことを考えると、また力が湧いてきます。そして、同じようにふさぎ込んでいる人たちに、「元気を出して！」と呼びかけたくなってくるのです。

もう長いことあなたからおたよりがなく、とっても気になっています。もしかしてどこか別のところへ移ったのですか？　でも、今までのお手紙にはそのようなことは書いてありませんでしたけれど……。でも、お元気で下さるのなら、待つことぐらい平気です。たぶん手紙の多くは、途中で行方不明になっているのでしょう。

またあなたと森を散歩したいと思います。森でなくってもいいんです、どこでも……。でも、またあなたと散歩できるのは、だいぶ先のことになりそうですね。ずっとずっと先というのではなくても……。

短いけれど、今日はこれで。どうかお元気で。

ゾフィー

資金集め

ハンス・ショル、アレキサンダー・シュモレル、ヴィリー・グラーフの三人は、一九四二年十月、ミュンヘンにもどってきた。三人がロシアで見たものは、広大で美しい風景ばかりではなかった。戦争の悲惨さと、占領地区でのナチスと一部国防軍の破壊行為とを目の当たりにしたのだった。エーリヒ・クビーは、先に引用した論文の中で、三人のロシアでの体験について、こう述べている。

ロシアに着くまでは十二日間を要しているが、その間にアレキサンダー・シュモレルが三人の中でリーダーシップをとるようになっていた。というのも、彼の父親はドイツ人だが母親はロシア人で、彼にとってロシアに行くということは、第二の故郷へもどるようなものであったからだ。彼は、家族や友人たちから、〝シュリク〟とロシア風の愛称で呼ばれていたが、ナチスに熱狂したことは一度もなかった。彼には芸術家肌のところがあり——彼が医学を学んだのは父親のためで、本人は彫刻家になりたがっていた——、自由と独立をこよなく愛していた。また正義感も強く、このため勤労奉仕や初めての兵役では、いつも問題を起こして、そのたびに父親が理解ある上官に頼み込んで、彼を助け出してもらっていた。彼はロシアの土を踏めたことに感激し、彼が流暢なロシア語を話せたことから、三人はロシア人とも親しくなり、また他の多くのドイツ人同様、大地と空の広さに圧倒されたのだった。しかし同時に三人は、政府のロシアでの無軌道ぶりとロシアの「劣等人間」のひどい扱い方をも見たのだった。

ロシアでの数か月の間三人は、ドイツ人のロシア人に対する暴力行為を目にすれば、自分たちの身の危険をもかえりみず立ち向かっていたが、かろうじてめんどうな軍法会議はまぬがれていた。アレキサンダーはバラライカを演奏し、みんなはよくウォッカを飲んだ。これまでに何か問題が起きても、三人はたいていうまくくぐりぬけて来ており、そのため三人は「自分たちの身には何も起こりはしない」と思うようになった。こういう気持ちを抱いて三人は、戦争に疲弊したミュンヘンにもどって来たのであるが、それから間もなくスターリングラード（現在のボルゴグラード）の惨敗で、ドイツの戦況はますます悪くなっていった。

今や、力の限り抵抗を続けるという決心はゆるぎないものとなっていた。ゾフィーも兄たちと同じょうな思いを抱いてミュンヘンにもどって来た。軍需工場で二か月働き、また父親が拘禁されたことでゾフィーは、抵抗運動に自分も積極的に加わる決心を固めていた。父親のロベルトは、残りの刑期を免除され、この間再び自由の身となっていたが、職務停止処分を受け、どこかの事務所に簿記係の職を探さなければならなかった。しかし、これでは大家族を養うことなどはとてもできず、ましてや子どもたちを大学に通わせるなどとうてい無理なはずであった。もうすぐ二人の子どもを失い、こんな心配が無用になろうとはロベルトも夢想だにしなかったのであった。

クリスマス前の数週間、ハンスたちは、慎重にではあるが抵抗グループの輪を広げようとしていた。クルト・フーバー教授、本屋のヨゼフ・ゼーンゲン、学生のユルゲン・ヴィッテンシュタインが仲間に加わった。フーバー教授は大学で哲学を教えており、特にゾフィーが教授の講義を高く評価していたが、まもなく「白バラ」にとってなくてはならない人物となった。本屋のゼーンゲンも、年長の助言者のひとりで、学生たちは時々彼のところへ行っては心を打ち明け、緊張をほぐすのだった。ゼーンゲンと、それから美術史家シュテファノフの助けを得て、彼らはイタリアの抵抗グループと接触することができた。

ある十一月の週末、ハンスとアレキサンダーは、抵抗グループ「赤いチャペル」のリーダーのひとりで、すでに逮捕されていたアルヴィッド・ハルナックの弟、ファルク・ハルナックに会いにケムニッツ（現在のカール・マルクス・シュタット）に出かけた。ファルクを通し、のち一九四四年七月二十日、ヒトラー暗殺を企てた人々と連絡がとれることになっていた。

また、「白バラ」のメンバーの手引きでミュンヘンにならってビラ活動を行う「白バラ」の支部を、できるだけ多くの大学に作ることになった。ハンブルクにはすでに、まだそれほどしっかりしたものではなかったが、抵抗グループができていた。ハンブルク出身のトラウテ・ラフレンツは、ここの抵抗グループに「白バラ」の計画を伝えるために、十一月に数週間、家にもどっている。彼女の助言と励ましはハンブルクの学生たちに喝采をもって受け入れられ、ここではまもなく、実際的な地下活動が始められそうであった。

しかし、まず何よりも、謄写版、タイプライター、紙等を購入する費用が必要だった。ゾフィーはフリッツに無心して、「ある良い目的」のために千マルク（当時の平均的労働者賃金の三か月分に相当する）をもらっている。一九四二年十二月初め、ハンスとゾフィーはシュツットガルトに税理士オイゲン・グリミンガーを訪ねた。グリミンガーはユダヤ人と結婚しており、父親のロベルトが刑務所に入れられていた間、親切にも父親の事務所を見ていてくれた。ハンスがグリミンガーと話をしている間、ゾフィーはフレーベル・ゼミナールの同窓生で当時シュツットガルトで音楽を勉強していたズザンネ・ヒルツェルに会いに行った。前に引用したインゲ宛ての手紙の中で、ズザンネはゾフィーと会った時のことをこう記している。

ゾフィーは、ハンスがグリミンガーに資金援助を頼んでいる間に私を訪ねてくれたのでした。ゾフィーは、ミュンヘンのアイケマイヤーのアトリエの集まりに来ないかとしきりに私を誘ってくれましたが、学校でハイドンのオラトリオをやっていて、私はチェロを弾いていましたが、チェロは人数が少なくて抜けるわけにはいかずミュンヘンには行けませんでした。ゾフィーは、ビラ活動のことをほのめかしていました。ハンスとの待ち合わせ場所に向かいながら、ゾフィーはこう言いました。「もし、今ヒトラーが向こうからやって来て、私がピストルを持っていたら、私、彼を殺してやるわ。男がやらないんなら、女がやらなくちゃいけないのよ」私はきっぱりとこう言えるゾフィーをうらやましく思いました。私は、自分はいったいどうしたらいいのか、決心がつきかねていたからです。「でも、ヒトラーが死んだって、ヒムラー（ナチス親衛隊長官）がヒトラーの代わりになると思うし、ヒムラーがいなくなっても、代わりはいくらでもいるんじゃない？」私がこう言うとゾフィーは、「自分で罪をしょいこまないためにも、何かしなくちゃいけないのよ」と言うのでした。以上が私たちが最後に交わした会話の中の、重要な部分です。私たちは、喫茶店でハンスと落ち合い、サクランボのケーキを食べました。グリミンガーとの話がうまくいき、彼を仲間に引き入れることができたので、ハンスは上機嫌でした。ハンスは、きっかけさえあれば、国民は立ち上がるものと思い込んでいたようでした。

ビラを作り、配ることは、苦労が多く、また非常に危険な仕事だった。空襲のたび、彼らは謄写版をかかえてアイケマイヤーの地下室か本屋のゼーンゲンの地下室に逃げ込み、それをボール紙の箱の下に隠していた。謄写版はボタンを押せば自動的に全部できてしまうのとはわけが違い、手でハンドルを回して印刷しなければならず、みんなで交代で仕事を続けた。印刷する時には、たいていゾフィーも一緒だった。ゾフィーは原紙や紙を買う役目を引き受けていたが、同じ店で買って疑いをもたれないよう、充分に注意しなくてはならなかった。トラウテは、新しい謄写版を手に入れるため、わざわざウィーンで事務用品の問屋をやっていたおじのところまで出かけている。

彼らは、夜もよくアトリエで仕事をした。ビラをなるべく広い地域に配るため忙しく、この頃ゾフィーには、ほとんど手紙を書いている時間もなかった。ビラは自分たちで、よその町へ持っていって配った。ゾフィーは、昔の学校カバンやリュックサックにビラを詰め、アウグスブルク、シュツットガルト、ウルムの間を汽車で行ったり来たりしていた。もし、ゲシュタポがカバンの中身を調べていたら、彼女はその場で逮捕されていたであろう。このような危険を避けるため、彼らはカバンやリュックサックをまずある車両の網棚に置き、それから隣の車両に行って席を取り、目的地に着く直前にまた前の車両にもどって荷物を降ろすのだった。

「白バラ」のビラは、まもなくドイツ各地に出現した。フランクフルト、ベルリン、ハンブルク、フライブルク、ザールブリュッケン、それからさらにオーストリアのザルツブルク、ウィーン……。のちには、ノルウェー、スウェーデン、イギリスにまで渡ったビラもあった。ミュンヘンではゲシュタポが非常警戒態勢をとり、抵抗グループ特別捜査班が設置された。

彼らは、一九四二年のクリスマスの直前まで活動を続けた。それから、クリスマス休暇中に友人、知人の間に仲間を増やすことを約束して、それぞれ故郷にもどって行った。

不安と共に

ウルムでのクリスマス休暇の間、ハンスは姉のインゲに、ミュンヘンでの抵抗運動のことをそれとなく話して聞かせた。ついこの間、マンハイムで抵抗運動をしていた共産主義者や社会民主主義者十四人が処刑された、と同情を込めて話したのち、ハンスはこう言った。「キリスト教の側からも何かやらなくてはいけないと思うな。キリスト教徒も、はっきりと抵抗の姿勢を示さなくてはいけない。ただ手をこまねいていてはだめなんだ。戦争が終わって、『君たちは戦争に対し何かしたのかい？』と開かれた時、何て答えたらいいんだい？」しかしハンスは、自分の話に姉がだいぶうろたえているらしいのを見てとると、もうそれ以上は話を続けない方がいいと悟った。インゲは言った。「どうしてよりによって私たちがそれをしなくちゃいけないの？　私たちは当局からもう充分にらまれているのよ。これ以上のことはできないわ。ゲシュタポにまだマークされていない他の人たちにそれをやってもらうわけにはいかないの？」ハンスは話題を変えた。自分の両親やきょうだいをこれ以上危険な目に遭わせ、命をおびやかすことなど、彼にはできなかったし、またしたくなかったのだ。

　インゲは、ミュンヘンにハンスやゾフィーを何度か訪ねていたが、彼らがやっていることには何ひとつ気がつかなかったという。二人が考えていること、また政府に反対する論文を回し読みしていることは知っていたが、これらがひとつに結び付いてきたのは、ようやくあとになってのことだったという。

当時を振り返りながらインゲは、あの頃自分たちの周りでますます危険が大きくなっていることに気がつかないでいたのは、まさに知らぬが仏というのでしょうね、と言う。

ある日、妹のゾフィーがミュンヘンから「白バラ」のビラを一枚持って帰りました。あの子はビラを父に渡すと、どういう反応を示すかと、父をじっと見ていました。あの子は、父が抵抗のしるしを見て喜ぶだろうと思ったのです。事実、父は喜びましたが、でも突然こう言いました。「ゾフィー、お前たちはこれに関わっちゃいないんだろうね?」あの子はすぐに父の気持ちを察して、怒ったような口調で言いました。「どうしてそんなこと考えるの? ミュンヘンは街中大騒ぎだけど、でも、兄さんも私も、こんなことに首を突っ込んだりはしないわ」と。これを聞いて、父もほっとしたようでした。

「白バラ」のビラは、ウルムでもあちこちの郵便受けに入れられていました。ある時、やはりミュンヘンで勉強している女子学生のお母さんが、すっかり取り乱して、ビラを持った手を震わせながら家にやって来ると、このビラがどこから来たか知っていますか、お宅のハンスとゾフィーはこれに関係してるんでしょうか、と聞くのです。私は腹が立って、どうしてそんなふうに家のハンスやゾフィーを疑うのですか、と言ってやりました。すると、このお母さんもしゅんとなって、それでは、このビラをどうしたらいいかだけ教えて下さい、警察に届けなくてはいけないんでしょうか、と聞きました。私はビラを取り上げると、トイレに流しました。

後から思えば、ゾフィーの様子を見ていれば、ミュンヘンでのこともわかったはずなのです。あの子は、家にもどってはミュンヘンでの緊張をほぐし、家で過ごす休日を心から楽しんでいました。母があれこれと世話をやき、父が背後であらゆる危険から身を守り、安らぎを与えてくれる――。あの子は一度こんなことを言っていました。ウルムとミュンヘン間の百五十キロを往復している間に、天真爛漫な女の子もすっかり大人になったわ、と。あの子は大人であることの重荷や、抵抗運動の苦しさから、できれば逃れたいと思ってこんなことを言ったのかもしれません。ハンスもゾフィーも、楽しかった子ども時代にもう一度もどれたらと思っていたのでしょう。二人が幸せな時代に別れを告げ、抵抗運動に身を投じたのは、軽はずみでも理想主義でもありません。それどころかその反対で、二人は理想を実現させようとしていたのです。

活動開始

一九四三年一月初め、ゾフィーとハンスはミュンヘンにもどった。二人は、いろいろ一緒に計画したり仕事したりできるようにと、一九四二年の十一月から、フランツ・ヨゼフ通り十三番地に続き部屋を借りていた。実際、相談することはいくらでもあった。ビラを作り、ドイツの主な都市に広めるには、入念に準備を進めなくてはならなかったからだ。「全ドイツ人に告ぐ」と書かれた五番目のビラは、次のようなことばで始まっている。

「戦争はまちがいなく終わりに近づいている。……ヒトラーはこの戦争に勝つことはできない。彼にできるのは、この戦争を長びかせることだけである」「白バラ」メンバーは、かなり前からこのことを確信していた。続いてこのビラは、今までとはまったく違った論調で、帝国主義的権力思想を廃し、理性的な社会主義と連邦制でドイツを再建しようと訴えている。こういった主張には、それまで彼らの間で繰り返し行われてきた討論が色濃く反映している。「白バラ」の抵抗は、次第に急進的、政治的なものになっていった。彼らはよく、ヒトラー独裁が崩壊したのちドイツはどうすべきか、ということについても話し合っていた。

この五番目のビラは、アレキサンダー、ヴィリー、ハンス、ゾフィーが苦労して数千枚を刷り上げ、配る際には、これがミュンヘンで作られたことを悟られないよう細心の注意を払った。アレキサンダーが列車でザルツブルクに出かけ、ユルゲン・ヴィッテンシュタインとヘルムート・ハルテルトがベルリンでの配布を引き受けた。アウグスブルク、シュツットガルト、ウルムは引き続きゾフィーが担当した。ゾフィーは汽車に乗ってアウグスブルクへ行くと、すでにミュンヘンで住所を書いて切手を貼っておいたビラ入りの封筒を、あちこちのポストに入れて歩いた。アウグスブルクからウルムに向かい、ゾフィーはそこでシュッツットガルトの分を引き受けてくれたズザンネ・ヒルツェルの弟ハンスに会った。ヴィリー・グラーフは、一月の不安な日々のことを、こう日記に記している。

一九四三年一月十一日
夜、再びアトリエに集まる。アトリエの主人アイケマイヤーの出発前、最後の集いだ。いろいろなことを話し、いくつかいい考えも浮かんだ。今、画家のガイヤーが数日の予定でミュンヘンに来ている。
一九四三年一月十三日
あわただしく日が過ぎる。ハンスを訪ね、夜まで彼のところで過ごす。いよいよ仕事にかかる。活動開始だ。

実際に活動は開始された。活動範囲が広がると、必然的に危険も大きくなっていったが、幸い仲間は全員、危険な旅から無事ミュンヘンにもどってきた。

ミュンヘン大学の空気は、一月後半、急に重苦しいものになっていった。学生たちは何日もの間、一九四三年一月十三日、ミュンヘン大学創立四百七十年祭で起こった事件について話し合っていた。ドイツ博物館で行われた記念式典で、大管区指導官のパウル・ギースラーは女子学生に向かって、大学をうろつくよりも総統に子どもをひとり贈りたまえ、美しさが足りなくて相手の見つからない者には自分の部下を世話しよう、と述べたのである。この、あまりにも人を侮辱した演説に怒った女子学生数人が、ホールを出ようと出口に向かうと、ギースラーの命令で親衛隊が彼女たちを取り押さえた。しかしまもなく、ホールに集まっていた学生たちが一斉に抗議し、「彼女たちを返せ」とシュプレヒコールを繰り返した。うち数人が演壇に駆け寄り、ナチスの学生指導者を引きずり降ろし、殴りつけ、捕らえられた女子学生たちが釈放されるまで彼を人質にすると宣言した。電話で特別機動隊の応援を要請し、騒ぎは一応おさまったのだが、事件は結局ギースラーのいいように決着がつけられてしまった。

それから二、三日して——女子学生たちはその間に釈放されていた——二回目の集会が開かれた。ギースラーは学生たちに新たなおどしをかけたが、それでも前回の演説については謝罪したのだった。事件に関与した学生たちは——その中には「白バラ」のメンバーもいたが——自分たちがもう無力ではないことを感じていた。

学生集会が公然と当局に反抗したということは、一九四三年の一月十三日までミュンヘンでは見られなかったことである。ゲシュタポはこの日以来、大きくなりつつある抵抗の芽をつみ取ってしまおうと、警備を強化した。特別捜査班の係官たちは、疑わしい人物を調べ回っていたが、「白バラ」についてはいっこうに詳しいことがわからず、ビラがドイツ各都市に出現するたび、ますます神経をとがらせていった。

ミュンヘンの「白バラ」のメンバーは、危険が増大していることはもちろんわかっていた。彼らは、ますます周囲から孤立して生活するようになり、それが彼らをさらに新しい活動に駆り立て、またミスをもおかす要因となった。彼らは、アトリエにビラを印刷する道具を置いたまま帰ってしまったりするようになった。いつ手入れを受けるかもしれず、道具は作業が終わったらすぐに片付けなければならなかったのに、おそらくは疲れていたからであろう、そのままにして帰ってしまったのである。しかし、だからといってゾフィーやハンスや他の「白バラ」のメンバーを、軽率で不注意だと批判するのは、それこそ早計であろう。彼らの組織は、例えば共産主義者の組織などとは違って、きちんと統率されてはいなかったのだ。彼らは当初、地下活動についてはほとんど何も知らず、全部手さぐりで始めたのだった。こういう行動を成功させるためには、一応やり方というものがあり、また、その場その場で臨機応変に行動しなければならない。それに、仲間が多くなればそれだけ知られる危険性も大きくなるので、多くの仕事をごく少数の限られた仲間でこなさなければならない。建築家のアイケマイヤーがのちに話したところによれば、例えばハンスは、新しい人間が話し合いに加わるような時には、非常に注意し、警戒していたという。その人物の性格と政治に関する考え方とを徹底的に調べた上でなければ、誰も仲間には入れてもらえなかった。彼らは、決して軽率ではなかった。それどころか用心深く、賢く、想像力が豊かであったが、ただ物理的、体力的にどうしても越えられない限界があったのである。

コールタールで書かれた「自由」の文字

ビラ活動がうまくいったあと、「白バラ」のメンバーは、よく虚しさに襲われることがあった。これは、ビラ活動をしている時の張り詰めた気持ちよりも、もっと耐えがたいものであった。ゾフィーはこの虚しさを人一倍感じていた。一九四三年一月十三日の日記に、こう書いてある。

独りになると、気持ちがふさいで、何かをしようなどという気持ちも消え失せてしまう。たとえ本を手に取っても、読みたいからではなく、まるで私の中の別の人間が手にしているような気がするのだ。このどうしようもない状態から抜け出す方法はただひとつ――激痛、それも肉体的な激しい痛さの方が、この虚無感よりもどんなにか耐えやすいものを……。

一月にゾフィーは、わずかながらもまた手紙を書いているが、手紙の中でもこの虚しさに言及している。一九四三年一月十九日、オトル・アイヒャー宛ての手紙の中でゾフィーは、内面の葛藤について述べたあと、こうつけ加えている。「心が千々に乱れて、自分でもどうすることもできません」しかし両親には、このように気持ちが乱れているということは話さなかった。一九四三年一月三十日付の手紙で彼女は画家のガイヤーに、この次ミュンヘンに来る時には、白いテーブルクロスと床に塗るワックスを少し持ってきてほしい、床を磨きたいので、と頼んでいる。

この頃、エリーザベトがハンスとゾフィーをミュンヘンに訪ねている。

私は、一九四三年の一月二十日頃から二月五日まで、フランツ・ヨゼフ通りにあるハンスとゾフィーのアパートに泊めてもらっていました。あそこにいた間、二人のやっていることにはまったく気がつきませんでした。私は、私がいる間にアパートを徹底的に掃除しようと提案し、私たちは二日がかりで大掃除をしました。この時にも、疑わしいようなものは何ひとつ出てきませんでした。ただ、アレキサンダーがザールブリュッケンからの軍用乗車券を忘れていった時に、ゾフィーがひどくあわてて、ちょっと変だなと思いました。妹はアレキサンダーの「不注意」にとても腹を立てていました。

アレキサンダーのルパシカが部屋にかけてありました。妹は冗談めかしてこう言いました。「ロシア人の労働者たちと地下室でロシアンダンスを踊る時に、アレックスはあれを着るの。あれを着るとロシアにいるような気がするんですって」

一度、クリストフ・プロープストがミュンヘンを通ってどこかへ行く時に、ちょっと二人のアパートに寄って行きました。わずか一時間半ほどいただけなのに、彼が軍服を平服に着がえたのが印象的でした。彼はすぐにハンスと、ハンスの部屋に引っ込みました。あとで私たちは一緒にお茶を飲み、三人目の子どもを産んだあと、産じょく熱で入院しているクリストフの奥さんの話をしました。

ある晩、ハンスとアレキサンダーが婦人科病院へ行くといって、一緒に出かけました。そのすぐあとにヴィリー・グラーフがやってきて、私が二人は婦人科病院へ行ったと言うと、笑いながら、ぼくをおいて行くはずはないさ、と言いました。この晩、ゾフィーはいらいらしているようでした。妹と私は一緒にイギリス公園を散歩しましたが、この時妹は、何かしなくちゃいけない、例えば壁に字を書くとか……と言っていました。「ポケットに鉛筆があるけど」と私が言うと、「コールタールでなきゃだめよ」と言うのです。「でもそんなことしたら危険じゃない？」と言う私をさえぎるように妹はこう言いました。「夜は自由の友だちよ」

私たちがアパートにもどるとハンスが電話で、「ワインを一本買っといてくれ。ポケットに五十マルク札を見つけたんだ」と言ってきました。同じ建物にヤミ屋がいて、一本二十マルクで時々ワインを売ってくれました。それからまもなく、ハンス、アレキサンダー、ヴィリーの三人が上機嫌でアパートにもどって来て、私たちは楽しく夜を過ごしました。

翌朝、私はハンスとゾフィーと一緒に、フーバー教授のライプニッツについての講義を聞きに大学へ行きました。大学の入り口には人だかりがしていて、みんな壁を見ていました。近寄ってみると、壁には黒で、しかも一メートル以上もある大きな文字で「自由」と書いてありました。掃除のおばさんたちが数人がかりで文字を消そうと懸命になっていました。上級生がひとり、こうゾフィーに言いました。「汚いことしやがるぜ！」 ハンスは、「ぼくたちはあまり人目につかない方がいい」と言いながら、私たちが先へ進めるよう、人だかりをかき分け、道をつけてくれました。そこを離れる時、ゾフィーが小声で私に向かって言ったのです。「消えるまで相当時間がかかるわよ。あれ、コールタールだもの」

1942 年末もしくは，1943 年初めに描かれたゾフィーのスケッチ．ゾフィーはこの絵の下にこう記している．「ハンス（左）とアレキサンダーは，よく一緒にギターとバラライカを演奏する．とてもきれい，時々，歌をつけることもある」

トラウテ・ラフレンツもこの朝、大学にいた。彼女は、ハンスが入り口を通った時の様子をこう話している。

大学に行くと、向こうからハンスが来るのが見えました。大股で、ちょっと前かがみになって……あの頃彼は、あまり体の調子がよくなかったようです。それから、人だかりのそばを通り過ぎました。精悍な顔に、かすかにいたずらっ子のような笑みを浮かべて……。バケツやハケやブラシで壁に書いてある字を消そうとしている掃除婦たちのそばを通って中に入る時に、ハンスはもっと顔をほころばせました。それから、興奮した学生が私たちの方に駆けてきて「君たち、見たかい？」と言うと、ハンスは大声で笑いながら「いや、何だい？」と聞き返しました。この瞬間から私は、彼のことがとても心配になり出しました。

お元気でお過ごしですか？

一九四三年二月三日、ラジオは状況が一変するようなニュースを伝えていた。すなわち、スターリングラードの惨敗である。スターリングラードでドイツ国防軍は壊滅的な打撃を受け、ついに立ち直ることはできなかった。スターリングラード以後、ゾフィーとフリッツを結ぶ唯一の手段だった手紙のやりとりもますます困難となり、また間遠になっていった。士官のフリッツは戦《いくさ》の最前線におり、女子学生ゾフィーは抵抗運動のただ中にいた。かたや戦い、かたや抵抗し――二人のやっていることはまったく異なってはいたが、しかし二人の友情に変わりはなかった。そもそも手紙が届くかどうかもわからなかったが、ゾフィーはロシアに手紙を出し続けた。毎日の生活ぶりや周りの様子を書き、相変わらずフリッツの身を案じていた。「お元気でお過ごしですか？　戦場の騒々しさと悲惨さにも負けず、お変わりなければいいのですが……」

二月初め、ゾフィーはフリッツに、戦争に行っていたオトルが休暇でもどって来て、自分をモデルに彫塑したと手紙に書いた。「私も自分でやってみたくなりました。筆や鉛筆では表情をとらえるにはもどかしすぎます。それに筆や鉛筆には、粘土をさわる時の、あの心ときめくような確かさがないのです」

一九四三年二月十六日、ゾフィーは再びフリッツに手紙を書いているが、これが最後の手紙となった。手紙にはウルムの家にもどった時のこと、両親のこと、ウルムとミュンヘンの間には大きな違いがあること等が書かれている。

フリッツ

講義に出る前に、またちょっとおたよりします。家を手伝うために十日ほどウルムにもどっていたことは、たしかこの間、書きましたね。家に帰ると、自分のことをする時間はあまりないのですが、それでも私は帰るとほっとします。たぶんそれは、私がもどると父がとても喜んでくれ――帰る前にはさみしそうな顔をして、もう行くのか、と言うのです――、また母があれこれとめんどうを見てくれるからでしょう。無償の愛を、私はすばらしいと思います。愛は、私に与えられたものの中で最も美しいものです。

ウルムとミュンヘンは百五十キロ離れていますが、ここを往復する間に、私は自分でも驚くほど変わりました。天真爛漫な子どもから、自立した大人になったのです。私は、とにかく周りの人間に恵まれ、甘やかされてきたので、自立するというのは私にとっていいことだと思います。もっとも、まだ時々とまどうこともありますが……。しかし、私がほっとするのは、無私の愛を身近に感じた時で、こういう時は残念ながらあまりありません。

最後のビラ

スターリングラードの戦いののち、「白バラ」のメンバーは、時間は自分たちに味方している、と思ったのだった。もはや一分たりとも時間を無駄にすることはできなかった。彼らは早速、次のビラの準備に取りかかった。「白バラ」のビラはこれで最後とすることにして、このビラで、ヒトラーが失脚するのは時間の問題だと訴えることにした。

学友諸君！

わが国は、スターリングラードでのわが軍の壊滅に大きな打撃を受けた。三十三万の同胞が、第一次世界大戦では伍長だった男の天才的戦略により、無意味に無責任に、死と破滅へと追い込まれていった。

総統よ、われわれはこれに礼を言おう！

ドイツ人の心は揺れ動いている。われわれはなおも一素人に、わが軍の運命をゆだねたものであろうか？　われわれは最低の統治能力しか持たぬ一党派のために、残るドイツ青年を犠牲にしたものであろうか？　いいや、もう二度とごめんだ！　報いを受ける日が来たのだ。わが国が今までかつて耐え忍んできた中で最も憎むべき独裁制が、ドイツ青年によりその報いを受ける日が来たのだ。全ドイツ人の名において、われわれはアドルフ・ヒトラーの国家に、個人の自由を返すことを、ヒトラーがわれわれから最もあさましいやり方でだまし取った、ドイツ人の最も尊き財産を返すことを要求する。言論の自由を容赦なく弾圧する国で、われわれは育ってきた。ヒトラー・ユーゲント、突撃隊、親衛隊が、人生で最も実り多い成長期にあったわれわれを画一化し、麻酔をかけ、革命兵士にしようとした。自分で考えようとする萌芽を、空言《そらごと》でまるめこんで摘み取ってしまおうとするあさましい方法は、「イデオロギー教育」と呼ばれた。これ以上悪魔的であると同時に愚かなものはない指導者選抜は、将来の党のボスとなる者たちを、幹部養成所で、罰当たりで破廉恥で非良心的な搾取者、殺人者、かつ盲目的に総統に従う愚かな人間どもへと仕立て上げる。われわれ「精神の労働者」は、この新しい支配者階級の悪しき道具と成り下がったのであろうか。前線兵士は、学生指導者や大管区指導官候補生に学校の生徒のような処罰を受け、大管区指導官はみだらな冗談で女子学生の名誉を傷つける。ドイツの女子学生は、ミュンヘン大学において名誉を毀損されたことに威厳ある態度でのぞみ、ドイツの男子学生は、女子学生のために力を尽くし、戦い抜いた……。これこそ、精神的価値の創造に不可欠なわれわれの自由な自決権を戦い取る第一歩である。われわれは、輝かしき先例を作ってくれた男女学友諸君に感謝したい！

われわれの合言葉はただ一つ「党と戦え！」である。われわれになおも政治的発言を許さぬ党組織から離脱せよ！　親衛隊の上級・下級指導者や党におべっかを使う連中の演説会場から出て行くのだ！　われわれにとって大切なのは、真の学問、真の精神の自由である！　いかなる脅しの手段にも、たとえ大学が閉鎖されようとも、われわれはたじろいだりはしない。大事なのは、われわれひとりひとりが、道義的責任を自覚した国家におけるわれわれの未来、われわれの自由・名誉のために戦うことである。

自由と名誉！　ヒトラーとその手下どもは、十年の長きにわたりこの二つのすばらしいドイツのことばを締めつけ、たたきつけ、ねじ曲げてきた。ひとつの国家の最高の価値を踏みにじるなどは、素人にしかできないことである。彼らのいう自由と名誉とは何かは、彼らが過去十年間にやってきた物質的精神的自由の破壊、ドイツ民族における道徳的本質の破壊を見れば充分に明らかとなろう。どんなに愚かなドイツ人であっても、彼らが、ドイツ国民の自由と名誉の名において全ヨーロッパで引き起こし、今なお日々引き起こされつつある恐ろしい大量虐殺に目が覚めたであろう。もし、ドイツ青年が立ち上がり、復讐し、同時に罪をあがない、加害者をくじき、新しい精神的ヨーロッパを築くのでなければ、ドイツの名は永久に汚されたまま残るであろう。学友諸君！　ドイツ国民はわれわれを見ている！　われわれは、一八一三年、ナポレオンを破った時（ライプチヒの戦い）のように、今一九四三年、ナチスのテロを精神の力で打ち負かすことを期待されているのだ。東方のベレジナ（ライプチヒの戦いでナポレオンが大敗した河の名）とスターリングラードは燃え上がり、スターリングラードの死者たちは、われわれにこう呼びかけている。

「起ち上がれ、わが国民よ、のろしは上がった！」と。

わが国民は、自由と名誉の信念が新たに湧き起こる中、ナチズムによるヨーロッパ征服に立ち向かうため、今、出発する。

ビラができあがるとハンスとゾフィーは、これを自分たちの手でミュンヘン大学構内にまくことにした。

第4章
刑務所で

私はもう一度
すっかり同じことを
繰り返すでしょう

身分証明書のゾフィー（21歳）

一九四三年二月十八日――君たちを逮捕する！

一九四三年二月十八日は木曜日だった。朝から日が輝き、早春の穏やかな一日となりそうだった。ゾフィーとハンスはいつもの時間に起床し、一緒に朝食をとり、十時頃アパートを出た。トラウテ・ラフレンツとヴィリー・グラーフは大学病院の神経科のゼミナールに間に合うようにと少し早目に教室を出たが、出口まで来ると、ちょうど向こうからハンスとゾフィーが小さなトランクを持ってやって来た。四人はちょっとことばを交わし、午後また会おうと約束して別れた。ハンスとゾフィーも急いでいたのだ。二人は、まだ授業の続いている教室の方へ駆けていくと、人気のない階段や廊下にビラをまいた。二人はビラを少しトランクに残しておいて、急いで出口にもどったが、外に出てから、ビラは全部まいてしまわなければいけないと思った。それで、また大急ぎで階段を駆け上ると残りのビラを下の玄関ホールにまき散らした。

それぞれの教室のドアが開いたのは、その直後だった。ゾフィーとハンスは、ほっとしながら階段を下りていった。と、この時、もと機械工の用務員、ヤーコプ・シュミットが階段を上って来て、興奮しながら二人の腕をつかむと「君たちを逮捕する！」と繰り返し叫んだ。二人はまったく驚いたふうもなく、されるがままになっていた。用務員は二人を管理人のところへ連れて行き、管理人はナチス親衛隊の高官であるヴァルター・ヴュスト事務総長のところへ連れて行った。ショル兄妹逮捕のニュースはすぐにゲシュタポに通報され、大学は即刻封鎖された。フーバー教授の授業でハンスを見知っていたクリスタ・マイヤー＝ハイトカンプは、この時の模様をこう説明する。

大学の出入り口は全部閉鎖され、学生たちは、玄関ホールに集まるように言われました。特別にビラを集める係が決められて、ビラを拾った者は皆、ビラをこの係に差し出さなくてはなりませんでした。それから、手錠をかけられたハンスとゾフィーが私たちのそばを引き立てられて行くまでの二時間、私たちは立ったまま玄関ホールで待たされました。ハンスは一度私たちの方に顔を向けましたが、表情ひとつ動かしませんでした。ここで誰か友だちを認めたりすれば、その人にもゲシュタポの疑いがかかるだろうということを、彼は知っていたのでしょう。

玄関ホールでもゲシュタポはハンスとゾフィーにいくつか質問をした。二人は落ち着いた声で、自分たちはビラとは何の関係もありません、と答えた。自分たちはたまたまあそこにいたのであり、それを用務員が勘違いして捕まえたのだ、と。尋問のあとゲシュタポは、集められたビラを、トランクが一杯になるだけの枚数があるかためしにトランクに入れてみた。ビラはちょうど全部トランクに納まった。

それから二人は、ゲシュタポ本部になっていたヴィッテルスバッハ宮殿に連れて行かれ、そこでさらに尋問が続けられた。取り調べ官のひとりロベルト・モーアは、なかば事務的に尋問を行っていたが、二人が繰り返しはっきりと、自分たちはビラとは何の関係もありません、と言うものだから、自分の前にいるのが果たして本当に．抵抗グループのメンバーなのかどうか、次第に疑わしくなってくるのだった。しかしそこに、二人のアパートを捜索した結果、未使用の八ペニヒ切手が数百枚発見されたとの連絡が入り、二人はまったく不利な立場に追い込まれてしまった。

クリストフ・プロープストは、翌十九日の金曜日にゲシュタポに逮捕された。インスブルックの学生中隊事務室で、彼はいつもの金曜日のように給料を受け取ろうとしたが、そこには、中隊長のところにただちに出頭せよとの命令が届いていた。中隊長のところには、彼を逮捕し連行するためにすでにゲシュタポが来ていた。アレキサンダー・シュモレルは、いったんは逃亡したのだが、愚かにもミュンヘンにもどってきたところを、二月二十四日に逮捕された。

用務員のヤーコプ・シュミットは、戦後アメリカ軍により、強制労働収容所で五年の刑を言い渡されたが、服役中、釈放請願書を提出している。

〈機械工ヤーコプ・シュミットの釈放請願書〉

私は一九四五年五月十一日、アメリカ軍により捕らえられ、ノイデック刑務所に送られました。私は六十歳になりますが、今まで法に触れるようなことは何ひとつ犯したことはありません。ショル兄妹の件につきましても同様です。当時、私が従わねばならなかったかつての上司が、今も自由の身であり、それどころか、相変わらず公職についている人たちもいるというのに、なぜ私が逮捕されなければならないのか、私には理解できません。

ヤーコプ・シュミットは良心の呵責などはまったく感じておらず、自分は自分の義務を果たし、秩序を保とうとしたにすぎないと思っていたのである。法廷で彼は、たとえ彼らが投げたのがサンドイッチの包み紙であっても、自分は彼らを捕まえていただろうと供述している。

彼らは危険を承知していた

二月十八日に逮捕される以前から、ハンスとゾフィーは自分たちの身が危ないということを承知していたようである。本屋のゼーンゲンがハンスと最後に会ったのは二月十六日であるが、この時ハンスから、今度のビラを近いうちに自分の手で大学にまくつもりだ、という話を聞いた。ゼーンゲンは即座に、ハンスがビラをまいたことが知れてはまずいので、それはやめた方がいいと思いとどまらせようとしたという。

するとハンスはこう言ったのです。ゲシュタポがぼくを厳しく見張っていることは知っている。それに、ぼくが近日中に逮捕されるだろうということも、確かな筋から聞いている。だから、ぼくが無力にされてしまう前に、もう一度積極的な行動に出たいのだ、と。

ウルムの画家ヴィルヘルム・ガイヤーは、時々アイケマイヤーのアトリエで仕事をしていたが、二月十六日の夜、ハンスとゾフィーに会っている。彼も二人からいつもとは違う印象を受けたという。ハンスは何度も「これから」の時代のことを話し、ゾフィーははっきりと「この政府のために多くの人が命を落としているわ。今こそ、誰かが命を賭して何かしなくちゃいけない」と言ったという。

そのあと二人は、ゲシュタポ内部の協力者から危険を知らせる通報を受けた。ということは、二人は自分たちの身の危険を知っていた、ということになる。二人が用務員に突然捕まえられても落ち着いていたのは、このことを裏付けていよう。最後の通報は、二月十八日の午前中に届くはずであった。インゲはこの件についてこう話している。

一九四三年の二月中旬、オトルと私は数日間ミュンヘンに滞在しました。私たちはハンスとゾフィーに会いたかったのですが、会えませんでした。それから私はウルムの両親のもとへもどりましたが、オトルはもうしばらく、ゾルンにあるムート教授の家に泊めてもらうことにしました。ウルムに帰るとハンス・ヒルツェルが家にやってきて、どうかすぐにハンスと連絡をとって『権力国家とユートピア』は売り切れだと伝えてほしいと言うのです。私がまず一番にガイヤーのところへ行って、この伝言を持ってミュンヘンに行ってほしいと頼んだのかどうか、今ではもうはっきりとは思い出せません。とにかくガイヤーはだめで、私たちはオトルに電話して、すぐにハンスを見つけてほしいと頼みました。

オトルがインゲの話を引き継いで話してくれた。

一月の中頃、ゾフィーがリンツの近くの野戦病院にいた私を訪ねてくれました。ロシアで黄疸にかかり、ここに入院していたのです。私たちはよく政治の話をしましたが、ゾフィーとハンスが、のちに私たちをも巻き込んだあのビラ運動の中心メンバーだったとは、私はまったく思ってもみませんでした。

ここを退院したらすぐにミュンヘンに遊びに行くよ、と私はゾフィーに約束しました。二月の中頃、私はミュンヘンに行き、ムート教授の家に泊めてもらっていましたが、まだハンスやゾフィーと連絡がとれないでいるところへウルムから電話がかかってきて、ハンスに『権力国家とユートピア』は売り切れだと伝えてほしいというのです。私はハンスに電話をし、大事な伝言があると伝えました。私たちは翌日の午前十一時に、フランツ・ヨゼフ通りの彼のアパートで会うことにしました。

翌日十一時に行くと、アパートは閉まっていました。三十分してまた行ってみると、ゲシュタポがいました。私はいろいろと調べられ、一時間ほど、ゲシュタポがハンスとゾフィーのアパートを捜索するのを見ていました。おかしなことに、私までも車でヴィッテルスバッハ宮殿に連れて行かれました。私の見たところ、ハンスとゾフィーがビラを作っていた証拠など、あそこでは何ひとつ見つからなかったような気がします。押収された物件の中には、インクも謄写版もなかったのです。私は兵隊でしたので、身柄を軍事裁判所に移され、翌日釈放されました。そしてムート教授の家にもどって初めて、大学で起きた事件の話を聞きました。ゲシュタポで尋問されている間に、ちらっとハンスを見かけました。この時ハンスはとても落ち着いて、しっかりした様子でしたので、私もまさかハンスがこの反政府運動に関わっていたなど、つゆほども思いませんでした。

夜通し明かりがついていました

ヴィッテルスバッハ宮殿での尋問は四日間続いた。もはや否認が通用しないと知ると、ハンスとゾフィーは、ビラに関する責任の一切は自分たちにあると主張した。二人はこうして他の仲間を救おうと思ったのである。二人の勇気ときっぱりとした態度には、ゲシュタポの係官さえも感銘を受けたという。そのひとり、ロベルト・モーアは戦後、尋問の模様をこう述べている。

ゾフィーとハンスの態度は最後の最後まで、私が今まで見たこともないほど立派でした。二人とも、自分たちの行動の目的はただひとつ、ドイツにとってのより大きな不幸を避けることであったと言っていました。それからまた自分たちは、何十万というドイツ軍兵士やドイツ人の命を救いたかったのだ、一国民の運命が危険にさらされている時、自分を犠牲にしてもそのために何かできることは、何よりなことだ、とも言っていました。

一九四三年二月十八日から二十二日までの出来事を、間近に見聞きした人物がもうひとりいる。留置場でゾフィーと同室だったエルゼ・ゲーベルで、彼女はゾフィーと共に過ごした四日問の思い出をしっかりと心にとどめ、戦後すぐにこれを「ゾフィー・ショルの思い出」として発表した。ここに、若干省略して、ゲーベルの手記を紹介しよう。

ゾフィー、今私はあなたの写真を見ています。真剣な、何か問いかけるような目差しで、お兄さんのハンスやクリストフ・プローブストと一緒に写っている写真――。自分がつらい運命の下に生まれてきたということを、自分たち三人の死が定められていたということを、まるで知っているかのような顔をして……。

一九四三年二月、政治犯として逮捕された私はミュンヘンのゲシュタポ本部監獄課の受け入れ係の仕事をさせられていました。私の仕事は、ゲシュタポの手に落ちた不幸な人々を登録し、それをますます大きくなっていくカードボックスに整理していくことでした。数日前からゲシュタポ内部は、異様な興奮につつまれていました。夜の間に道路や建物に「打倒ヒトラー」「自由万歳」「自由」といった文字を書く者がいて、これがいっこうにおさまらないどころか、ますます頻繁に行われていたからです。

大学では廊下や階段のところどころにビラがまかれており、どのビラも学生たちに抵抗に起ち上がれ、と呼びかけていました。監獄課の空気は緊張していました。担当官は「特別捜査」にかかりっきりで、皆、本館に詰めていました。

二月十八日木曜日早朝、本館から電話で、「今日は監房をいくつか空けておいてほしい」との連絡がありました。私は、私がついて仕事をしている係官に、誰が来るのかと尋ねました。すると「例のペンキ屋」という答えが返ってきました。それから数時間後、ゾフィー、あなたは係官に連れられ受け入れ室にやって来たのです。静かに落ち着いていて、あなたはまるで自分を取り巻く興奮を楽しんでいるかのようでした。あなたのお兄さんのハンスは、少し前に受け入れ手続きを済ませ、すでに監房に入れられていました。新しく連れて来られた者は全員、身分証明書や所持品を取り上げられ、身体検査を受けることになっていました。ゲシュタポには、女性の監房係官がいなかったので、私がゾフィーの身体検査をすることになりました。この時、私たちは初めて二人きりになったので、私はあなたにささやきました。「もし何かビラを持っていたら、今捨ててしまいなさい。私もここの囚人よ」と。

あなたは私を信じたのかしら？　それともゲシュタポのわなだと思ったのかしら？　あなたの穏やかでやさしい態度からはどちらともわかりませんでした。あなたは少しも気が高ぶっておらず、私までも気持ちがほぐれていきました。ここではみんな思い違いをしているんだわ、このかわいらしい童顔の女の子が、まさかあんな大胆な企てに関わりのあるはずがないわ――私はこう思いました。あなたが入るのは、特別監房でした。ここはたいていは「軌道からはずれた」ナチス高官にしか使われないところです。「特別」というのは窓が大きくて、小さなロッカーがあって、白いベッドカバーのついている部屋のことをいいます。一方、私は監視の中、今までの監房から自分の持ち物を取ってきて、あなたのところへ移らなければなりませんでした。私たちはまた少しの間二人きりになりました。あなたはベッドに横になると私に、ここにはもうどのくらいいるのか、ここはどんな具合か、と尋ねました。それからあなたは、自分はたぶん重罪だろう、あまりいいことは期待できないと思う、と話すのでした。私はあなたに忠告しましたね。やつらが証拠をつかんでいないことについては、何も自白しちゃいけない、と。するとあなたは、「ええ、今まで大学でも、ここの尋問でもそうしてきたわ。だけど、やつらに見つかりそうなものがまだたくさんあるのよ」と答えました。この時足音が監房に近づいてきて、あなたは尋問に、私は仕事に呼び出されました。

そうこうするうちに三時になりました。多くの男女学生が連れて来られては、短い取り調べを受け、たいていはすぐに釈放されました。あなたのお兄さんのハンスの尋問は、すでに始まっていました。「上」の連中はその間、何かあなたたちに不利になるようなものを発見したのでしょうか？　六時の夕食の時間になると、あなたたちは別々に下の監房にもどされました。やはり囚人の給仕があなたに熱いスープとパンを持ってきました。そこに電話連絡があり、「ショル兄妹には食事を与えてはならない。三十分後に再び尋問を行う」というのです。しかし、ここにはあなたたちの食事を取り上げようなどと思う者は誰もおらず、あなたたちも次の尋問に備えて元気をつけることができました。八時には私も「監獄リスト」の仕事を終えました。不幸な人たちがまた何人かこの苦しみの家にやって来ました。十時に私はベッドに横になりながら、あなたの帰りを待っていました。眠れぬままに、あなたのことを心配しながら、星のきれいな夜空を見ていました。気持ちを静めるために、私はあなたのために祈ろうとしました。係官たちは今晩、いかにも秘密めかしてささやきを交わしていました。それがいいことのしるしだったことはほとんどありません。一時間、また一時間と時間は経つのに、あなたはもどって来ません。くたびれ果てて、私は明け方、眠り込みました。六時半、給仕がコーヒーを持って来てくれました。「何か新しいことは?」と私は尋ねました。私は、あなたはたぶん夜の間に釈放されたのだとひそかに期待していたのですが、この期待はすぐに破れてしまいました。あなたたちは夜通し尋問を受け、ずっと否認を続けていたのだけれど、証拠物件を突き付けられてついに自白したとのことでした。

すっかり打ちひしがれて、私は自分の味気ない仕事を再び開始しました。私は、あなたがどんな様子で下におりてくるだろうかと心配でした。それで、あなたが八時頃、もちろん少しくたびれてはいるようでしたが、まったく落ち着いた様子で部屋に入って来た時にはびっくりしてしまいました。あなたは、受け入れ室で、私のそばで立ったまま朝食をとり、夜中の尋問中に本物のコーヒーまで出たのよ、と話してくれました。それからあなたは監房にもどされましたが、私も下に忘れ物をしたと口実を作って、一緒に下りて行きました。係官が私を呼びに来るまで、私はだいたいのことをあなたから聞きました。あなたは長いこと否認していたのでしたね。でも大学でハンスは、ビラの下書きを持っているのを見つけられてしまいました。ハンスはすぐにこれを破いて、名前も知らない学生からもらったのだと言いました。しかし、ゲシュタポがすでにあなたたちのアパートを隅々まで調べあげており、また、破かれたビラの下書きをていねいにはぎ合わせたところ、あなたたちの友人の筆跡にぴったりと一致したのでした。あなたはこの時悟ったのですね。もう自分たちが助かる見込みはない、と。この瞬間からあなたたちは、他の友だちを危険に陥れないように、全責任を自分たちが負うことにしたのです。あなたは数時間の休息をもらい、ぐっすりと眠りました。私はあなたに感嘆せずにはおれませんでした。何時間もぶっ続けで尋問を受けたというのに、あなたの平静な態度は少しも変わっていないのです。あなたのゆるぎのない信仰心が、自分を他の人々のために犠牲にする力を与えていたのでしょう。

金曜夜——あなたは午後いっぱい、自分に関する数々の質問に答えなければならなかったというのに、少しも疲れを見せないのです。あなたは、八週間以内に必ず起こるだろう連合軍のドイツ侵入について話してくれました。それから連合軍の攻撃が続き、私たちはやっとこの圧政から解放されるだろう、と。私はどんなにかこれを信じたいと思いました。でも、もしかするとあなたはその時には、もうこの世にいないのではないでしょうか？　あなたもそう思っていたようですね。私の兄が裁判もなしでもう一年以上も拘留されているという話をすると、あなたは自分もそうあればよいがと期待したようでした。あなたたちの場合もきっと長くかかるでしょう。時の利は一切の利といいますから。今日あなたは、大学で何度もビラをまいたという話をしてくれました。最近あなたが「ビラまきツアー」からもどって来ると、階段で掃除のおばさんがビラを集めていたので、あなたはおばさんのところへ行って「なんでビラを拾ってるんですか？　そのままにしておいたら？　ビラは学生に読ませるためにそこにあるんだから」と言ったという話を聞いた時には、事態が深刻なのにもかかわらず、私たちは笑ってしまいました。それからまた、もしゲシュタポに捕まるような時があれば、その時にはもう命はないだろうとあなたたちはいつも覚悟していたという話。また、通りにコールタールで字を書く仕事であれ、発送するばかりになった「白バラ」のビラの仕事であれ、夜の仕事がうまく終わった時には、よくはしゃいだ気分になったというのも、私にはよくわかります。ワインがある時には、成功を祝してみんなで祝杯をあげたのですね。

あなたとお兄さんの最後の行動のこともあなたは話してくれました。あなたたちはほとんどビラをまき終えて、いったんは表の通りに出たのですね。それから残りも全部まいて、トランクを空にしなくてはいけないと思って大急ぎで構内にとって返し、階段を駆け上り、勢いをつけて残りのビラを玄関ホールにまいたのです。ビラはドサッと音をたてて下に落ちました。二人が階段を下りて行くと、下から用務員のシュミットがやって来て、二人を捕まえゲシュタポに渡しました。ゲシュタポはすぐに出入り口を全部閉鎖し、学生は全員玄関ホールに呼び集められ、廊下からはあっという間に人の姿が消えて、全員身分証を提示しなくてはなりませんでした。この晩遅くなって、私たちは話をやめにしました。私はとても眠れなかったのですが、あなたは静かに規則的な寝息をたてていました。

　土曜日の午前中、あなたはまたもや尋問。お昼に私が監房にもどって、あとは月曜の朝までほっといてもらえるわよ、と言ってあなたを喜ばせようとしても、あなたはちっともうれしそうな顔をしませんでした。あなたは、尋問は面白くて興奮すると言っていました。少なくともあなたは、数少ない親切な取り調べ官に受け持たれて、運がよかったのです。この取り調べ官――モーアさんといいますが――は今日の午前中、長々と国家社会主義《ナチス》の意義、指導者原理、ドイツの名誉、それにあなたがたの行為がどれほどドイツ国防軍を混乱させたか、を話しました。それからモーアさんはあなたに、「ショルさん、こういったことを全部よくお考えになっていたら、あのような行動はとらなかったのではないですか？」と聞きましたが、モーアさんはあなたにもう一度チャンスを与えようとしたのだと思います。ところが、勇敢で正義感の強いあなたの答えときたら……。「見当違いです。私はもう一度、すっかり同じことを繰り返すでしょう。考え方のまちがっているのは私ではなく、あなたの方なのですから」

土曜、日曜と当番の囚人たちが、まめに私たちの世話をしてくれました。私がお茶やコーヒーを入れて、他のみんなは少しずつ何かを出し合いました。私たちの小さな監房には、めずらしくいろいろなものがそろいました。タバコ、ビスケット、ソーセージにバター。私たちは、あなたがとても心配しているお兄さんのところにも、おすそ分けを届けてもらいました。ヴィリー・グラーフのところにも、「自由」と書いたタバコを一本届けてもらいました。

日曜の朝、あなたをびっくりさせるようなニュースが伝えられました。朝食のコーヒーをもらう時、給仕が私にこうささやいたのです。「昨夜もうひとりの中心メンバーが捕まった」私がこのことを伝えると、あなたは、それはきっとアレキサンダー・シュモレルに違いないと言いました。私が十時に登録作業に呼び出されると、昨夜捕まった人物はすでにカードに記入されていました。私はそのカードを捜し出して読みました。クリストフ・プロープスト、反逆罪。二時間ほどの間私は、捕まったのはアレキサンダーではないとあなたに伝えられることをうれしく思っていました。ところがクリストフの名前を開くと、あなたは狼狽しました。あなたがうろたえたのを、私はこの時初めて見ました。誠実な友クリストフ、三人の子の父親――彼には妻子がいたので、今までお目こぼしにしてもらっていたのですが、最初のビラのために、結局この事件に巻き込まれてしまったのです。でもあなたはすぐに気を取り直しましたね。彼はせいぜい禁固刑だわ、それも短期の——こうあなたは思ったのです。お昼にあなたの取り調べ官が果物、ビスケット、タバコ数本を持って来て、私にあなたの様子を尋ねました。彼は恐らくあなたに同情していたのでしょう。あなたたちの上にたれこめている黒雲がどれほどのものか、彼が一番よく知っていたのですから。午後、私たちは一緒に監房にいましたが、三時頃でしたか、あなたはまた呼び出しを受け、起訴状を受け取りに行きました。明日にはもうあなたたちの審理が行われるということでした。恐れられていた人民裁判がここミュンヘンで開かれることになり、人民裁判所（一九四三年、抵抗運動弾圧の目的で設けられた）長官のフライスラーと彼の残忍な部下たちが、あなたたちに判決を下すというのです。

ああ、ゾフィー、あなたの運命はもう決まったも同然です。しばらくしてあなたは興奮し、青ざめた顔をしてもどってきました。起訴状を読み始めると、あなたの手は震えてきました。でも読み進むうち、あなたの表情ももとにもどって、読み終わった時には、またすっかり平静さを取りもどしていました。「ありがたいわ」あなたはこう言っただけでした。それから私に、「あなたにこれを見せてもめんどうなことにはならないかしら？」と聞くのです。こんな時ですらあなたは、自分のために誰か他の人が危険な目に遭いはしないかと心配してくれました。ゾフィー、あなたはなんと純粋な人だったのでしょう。数日間、あなたと共に暮らせたことを、私はとてもうれしく思います。

外は気持ちのよい二月の日――人々は楽しげにこの壁に沿って歩いています。この壁の中で、勇気ある正直な三人のドイツ人が死に直面していることも知らないで……。私たちはベッドに横になり、あなたは静かな、穏やかな声でこう言いました。「こんなにすばらしいお天気なのに、私は行かなくちゃいけないのね。だけど今、戦場でどれほど多くの人間が、どれほど多くの前途有望な若者たちが、死ななくてはならないのかしら……。私たちのしたことで、何千という人々の心が揺さぶられ、目が覚めたのなら、私が死ぬことなんてどうってことないわ。学生の間に、今にきっと反乱が起きるわ」ああ、ゾフィー、あなたには人間がいかに臆病かということが、まだわからなかったのですね。「私は病気で死ぬことだってあるかもしれないのよ。でも、それとこれと、死ぬ意味は同じかしら?」私はもう一度あなたに、長期の禁固刑ですむ可能性も充分あるのよ、と言ってみたのですが、でもあくまでもお兄さんに忠実なあなたは、聞こうとしませんでした。「兄が死刑なら、私もそれ以下の刑になりたくないし、またなっちゃいけないのよ。私も兄とまったく罪が同じなんだから」と言って。

同じことをあなたは、形式上呼ばれた国選弁護人にも話しました。「何か望みはあるかね?」こんなでくのぼうに望みをかなえることなどできるのでしょうか! 「いいえ、望みはありません」その代わりあなたは、この国選弁護人に、兄は銃殺刑を受ける権利があるということを保証してほしい、と言いました。何といってもお兄さんは軍人だったのですから。しかし弁護人は、このことについては何も約束してはくれませんでした。自分は人前でつるし首になるのか、それともギロチンで斬首されるのかとあなたが聞くと、弁護人はずいぶんびっくりしたようでした。このようなことを沈着な声で、しかも若い女の子から聞かれようとは、思ってもみなかったのでしょう。戦火をくぐりぬけてきた屈強な男たちでさえ震え上がるようなことでも、あなたは落ち着きを失うということはなかったのです。でもあなたは、いいかげんな答えしかもらえませんでした。

モーアさんがもう一度あなたのところへやって来て、できれば今日のうちに愛する人たちに手紙を書いておきなさい、シュターデルハイム（ミュンヘンの刑務所。ここで処刑が行われた）では短い手紙しか書けないだろうから、と言ってくれました。モーアさんはあなたのためを思って言ってくれたのでしょうか？　それとも、手紙からまた何か新しいことがわかるかもしれないと思っていたのでしょうか？　でもあなたが手紙を書いた人々は、結局一行もあなたの手紙を読ませてはもらえなかったのです。十時すぎに私たちは横になりました。あなたは両親やきょうだいの話をしてくれました。お母さんのことを思うと、あなたはとてもつらくなったようでしたね。一度に二人の子どもを失い、しかも、もうひとりの息子はロシアに出兵しているとは……。「父は、私たちのしたことを、もっとよくわかってくれると思うわ」この晩は一晩中明かりがつけられたままで、三十分ごとに看守が見回りに来ました。この人たちに、信心深いあなたのことがどれほどわかっているというのか！　あなたはいつものように安らかに眠っていましたが、私には夜が果てしなく、自分にのしかかってくるような気がしました。

　七時少し前、私はこのいやな日のためにあなたを起こさなくてはなりませんでした。あなたはすぐに元気に目覚めて、ベッドに座ったまま昨夜見た夢の話をしてくれました。日がさんさんと輝くすばらしい日に、あなたは長く白い衣装を着せた子どもを、洗礼を受けに連れて行きました。教会へは、急な山道を登って行かなくてはなりませんでした。あなたはしっかりと子どもを抱いていました。と突然、地面がパックリと口を開けたのです。子どもだけはなんとかしっかりした場所に置くことができましたが、あなたはすぐに深みへと落ちて行きました。あなたはこの夢をこう解釈しました――白い衣装を着た子どもは私たちの理念で、多くの困難にもかかわらずいつか必ず達成される。私たちはそのために道を切り開いてきたのだけれど、残念ながら先に死ななくてはならないのだ、と。

　私はもうすぐ仕事に行かなくてはなりません。私があなたのために祈り、ずっとあなたのことを思っていることは、わかって下さるわね。世の中が落ち着いたら、私たちがここで一緒に過ごした数日間のことを、ご両親にきっとお話しすると約束するわ。私たちは最後に握手を交わしました。「ゾフィー、神様がお守り下さいますように」それから私は仕事に呼ばれて行きました。

九時少しすぎに、あなたは二人の係官と一緒に乗用車で裁判所に連れて行かれました。通りすぎる時に、あなたは最後にもう一度私の方をちらっと見て行きました。あなたとは別々に、お兄さんのハンスとクリストフ・プロープストも、手錠をかけられ、連れて行かれました……。

冷血判事フライスラー

ハンスとゾフィーの両親は、二月十九日の金曜日、まずトラウテ・ラフレンツから、続いてゲシュタポに釈放されウルムにもどってきたオトル・アイヒャーから、二人が逮捕されたことを聞いた。それからユルゲン・ヴィッテンシュタインが、二十一日の日曜日に電話をかけてきた。彼は、二人が逮捕されたことばかりではなく、もう明日月曜日にミュンヘンの人民裁判所で裁判が行われることを伝えてきた。

不安な日曜日が過ぎ、月曜の朝両親は、二日前にロシアから休暇でもどってきたばかりのいちばん下の息子ヴェルナーを連れてミュンヘンへ向かった。ヴィッテンシュタインが駅に来ていて、裁判はもう始まっていることを知らせ、最悪の事態も覚悟しておいて下さい、と言った。一行は裁判所に急いだ。人民裁判は、二一六号法廷で、悪名高いローラント・フライスラー人民裁判所長官を直々に裁判長に迎え、行われていた。フライスラーはわざわざこの裁判のために、ベルリンから特別機でミュンヘンにやって来たのだった。裁判は九時に始まり、午後二時まで続いた。入廷を許されたのは身分を証明できる者だけで、ほとんどが招待状をもらったナチス高官であった。ハンスとゾフィーの両親は通行証を持っていなかったが、それでもなんとか中に入ることができた。

もう一人、人民裁判所長官自ら取り仕切ったこの裁判を、偶然傍聴した人物がいた。弁護士のレオ・ザンベルガーで、当時はまだ司法修習生であった。一九六八年二月に彼がまとめた報告書を見てみよう。

あれは偶然といおうか天の定めといおうか——私が裁判所の近くの葉巻商人から、今、数人の学生が扇動的な活動を行ったかどで裁判を受けているという話を聞いた時には、裁判はすでに始まっていた。私はすぐに法廷に行った——十時半頃のことで、裁判の真っ最中だった。私は入り口の近くで立ったまま傍聴した。法廷は満員で、皆緊張した面持ちで聞いていた。私は、ほとんどの人は恐ろしさのあまり青ざめた顔をしているという印象を受けた。この恐ろしさは、裁判長席からきているものだった。傍聴していたナチス信奉者やナチスの手先の中には、この裁判に心を揺さぶられた者もいたであろう。もし彼らの顔が青ざめていたとすれば、それは恐らくは良心にさいなまれてのことであろう。それからようやく私は、裁判の進行具合に気持ちを集中して耳を傾けることができた。あれから二十五年たった今、多くの印象は薄れ、象徴的に私の心に焼き付いたいくつかの場面しか覚えてはいない。まず何といっても忘れられないのは騒々しくがなりたて、裏声になるほどに声を張り上げ、何度も激しく席から立ち上がっていた、かの悪名高き人民裁判所長官ローラント・フライスラーの姿である。こういった本性を現すまでは、彼はすぐれた法律家だと思われていたのだった。目玉が飛び出て、耳の大きな不細工な顔に、風格ある判事の帽子はまったくふさわしくなかった。彼は裁判の間中、被告の行動を勇敢で偉大だと思っている者たちを萎縮させ、恐怖心を植え付けることしか考えていなかったのであろう。私が特にショックを受けたのは、被告たちと個人的なつきあいはなかったものの、ミュンヘンのコンサートホールで彼らを見かけ、顔はよく知っていたということであった。当時、ハイドンやモーツァルトやベートーベンの音楽に多くの人々が慰めと救いを求めたのだった。

被告たちの態度に深い感銘を受けたのは、私ひとりではなかったと思う。明らかに彼らの理想に共鳴した人々がそこにはいたのだ。裁判の間中、判事というより原告でしかなかった裁判長の、時にはふらちな質問にも、被告は終始落ち着いてはっきりと、そして堂々と答えていた。

ただ被告たちのからだを見れば、彼らが極度の緊張に耐えているということが見てとれた。直立不動の姿勢をとっていたハンス・ショルは、突然、失神するかと思うほど顔から血の気が失せて、からだをガタガタ震わせた。彼は首をうしろに傾けると目をつぶったが、しかし倒れることなく、しっかりした声で質問に答えていた。ハンスの妹ゾフィーと、友人のクリストフ・プロープスト（彼の姿は傍聴席からはよく見えなかった）の態度も、ハンス同様毅然としたものだった。

フライスラーはけしからぬことに、なんとしても被告たちを愚かな犯罪者に仕立てたかったらしいのだが、しかし被告たちの立派な態度に、フライスラーにも自分の思い通りに事を運ぶことはむずかしかったようだ。紙をどこで調達したかという話の時だったと思うが、彼は被告たちをどろぼう呼ばわりした。国民に自由を取りもどそうという壮大な目的を持った尊敬すべき人たちを裁くのなら、いかなる嫌疑をも晴らしていかなくてはならないはずだったのに。しかしこの殉教者たちは、人生最後の数時間をも、立派にふるまっていた。

この、長い間法廷を汚す恥ずべき尋問と被告に対する裁判長の質問や、偽善的侮辱的審理行程に比べれば、帝国検事総長の務める原告が当然のように三人の革命家に死刑を要求した口調も、やさしくさえ聞こえたのである。

続いて国選弁護人の短い発言があったが、彼には依頼人のために最善を尽くそうという努力などまるで見られなかった。ハンス・ショルの弁護人は、このような恥ずべき行為がどうして行えたのか理解できかねます、とさえ述べたのだった。

このお粗末な弁護側陳述が終わると、中年の紳士が興奮した様子で傍聴人をかき分け前に進み出て、まず国選弁護人を通して発言を求めたが、これが受け入れられなかったので、自分で発言を求めた。この紳士はショル兄妹の父親のショル氏で、ゲシュタポも裁判所側も彼が法廷に来ていようとは思ってもいなかったようであったが、氏はわらをもつかむ思いで、自分の子どもたちを正当に評価してほしいと判事に訴えようとしたのだった。ショル氏はなおも自分の言うことを聞いてもらおうと必死に努めたが、フライスラーはじゃまが入ったことに気がつくと、ショル夫妻に退場を命じ、外に連れて行かせた。

裁判官が審議のためいったん席を立ったのが、午後一時三十分頃であった。この休憩時間の間に、めかしこんで傍聴席に来ていたあのいやらしい大学の用務員は、まわりから陰の英雄とおだてられていた。

審議はすぐに済んで、廷内はまた超満員となった。誰もこのセンセーショナルな判決を聞き逃すまいと思っていたのだった。法廷の前の広い廊下には、法廷を締め出されたショル夫妻が二人だけで取り残されていた。私は、義憤と二人に対する同情に駆られ、法廷の扉が閉められる直前に引き返し、二人に近づいて行った。そして、自分は司法修習生だと名乗ると私は、この裁判にはまったく胸がむかつくと述べ、絶望に打ちひしがれた二人に助力を申し出た。ただ、力になるといっても、精神的なことでしか力になれないことは私にもわかっていた。法廷で判決が言い渡されている間、私たちはこの裁判について話し合っていた。すぐに扉が開き、傍聴者が出てきた。私たちは判決を聞いたが、この時は二人とも見かけは驚くほど冷静だった。ところがその後、父親のショル氏が怒りと驚きを大声でぶちまけようとしたので、私は破局をこれ以上大きくしないために、あわてて氏を押しとどめた。そこにハンスの国選弁護人がやって来たが、彼は同情のことばひとつ述べなかった。それどころか彼は、こんな状況の中で二人に向かって、子どもの教育がなってなかったと批難まであびせたのである。

ショル氏が、これから子どもたちのために何かできることはないかと尋ねるので、私は、これからすぐに私と検事長のところへ行き、減刑嘆願書を提出しようと提案した。私たちは受付に行き、秘書のひとりがこれを記録した。手を尽くした結果、なんとかショル氏は検事長と直接話をすることができた。しかし恐れていた通り、検事長が口添えをしてくれたにもかかわらず、帝国検事総長は面会を拒絶した。

私はショル氏に自分の電話番号と住所を渡し、また何かお手伝いできるような時にはすぐに電話して下さいと言って、二人と別れた。

波紋は大きく広がるでしょう

五時間に及ぶ裁判の最後に、フライスラーが判決を言い渡した。手斧による斬首刑――。被告は、最後に何か述べることはないか、と聞かれた。ゾフィーは何も言わなかった。クリストフ・プロープストが子どものために命だけは助けてほしいと述べ、ハンスも友人のこの頼みを聞きとどけてほしいと口添えしたが、フライスラーはハンスを遮り、「自分について何も言うことがないのなら、だまりなさい」と言った。それから三人はミュンヘンのシュターデルハイムにある執行刑務所に送られた。三人は別れの手紙を書いた。まったくの偶然から、ショル兄妹は最後にもう一度両親に会うことができた。インゲは『白バラ』の中で、別れの場面をこう記している。

そうこうするうち両親は、奇蹟的にもう一度ハンスとゾフィーに面会を許されました。このような許可を得ることなど、ほとんど不可能だったのですが。午後四時から五時の間でしたが、二人は大急ぎで刑務所に駆け付けました。これが自分の子どもたちにとって、本当に人生で最後の一時間なのだとは、両親にはまだわかりませんでした。

まず、ハンスが二人のところに連れて来られました。弟は囚人服を着ていましたが、足どりは軽く、しっかりしていました。どのような恰好をしていようと、弟の態度は変わりませんでした。顔は苦しい戦いのあとのようにやせて肉が落ちていましたが、それでも輝いていました。弟は手すりから身を乗り出すと、ひとりひとりと握手しました。「ぼくは憎しみは抱いちゃいません。何もかも乗り越えました」父はハンスを腕に抱いて言いました。「お前たちの名は歴史に残るんだ。まだ正義はすたれちゃいない」と。それからハンスは友だちみんなによろしく伝えてほしいと言いました。最後にもうひとりある人の名前をあげると、涙があふれ、ハンスは涙を見せまいと手すりにかがみこみました。そうして弟は立ち去りました。不安は微塵もなく、深くすばらしい感動につつまれて……。続いてゾフィーが女性の看守に連れられてやってきました。妹は自分の服を着て、ゆっくりと落ち着いた、とてもしっかりした足どりで歩いてきました（刑務所ほど、しっかりした足どりで歩くことを覚えるところは他にありません）。絶えず笑みを浮かべ、まるでお日様を見ているようでした。ハンスが断った甘い物を、ゾフィーは喜んでうれしそうに取りました。「まあ、ありがとう。そういえは、お昼を食べてなかったわ」こうして妹は、最後の最後まで、人生を肯定していたのです。妹もちょっとやせたようでした。しかし顔は、すばらしい勝利感に輝いていました。肌はつやつやと血色もよく――このことが今までにないほど母の目につきました――唇は真っ赤に輝いていました。「もうお前も二度と家にもどってくることはないんだね」母が言いました。「まあお母さん、ほんの何年かの間よ」ゾフィーは答えました。それから妹は、ハンスのように、しっかりと勝ち誇ったように、「波紋は大きく広がるでしょう」と言いました。母が一度に二人の子どもを失うことに耐えられるかどうかを、妹はここ数日とても心配していました。でも、自分のそばにしっかりと立っている母を見て、妹もほっとしました。母はもう一度口を開き、心の支えとなることばを贈りました。「いいかいゾフィー、イエス様におすがりするんだよ」するとゾフィーもまじめな顔で、ほとんど命令するような口調でこれに答えました。「ええ、お母さんもね」それから妹も立ち去りました。自由に、恐れることなく、穏やかに……。

ゾフィーはまつげ一本動かさずに出て行きました

刑務所の看守は、三人の若者の強さに驚き、三人を死ぬ前にもう一度一緒に会わせてやった。看守の話を聞こう。

三人はまったく勇敢でした。刑務所中が彼らに深い感銘を受けました。それで私たちは危険をおかし——もし知れたら、私たちも厳重に処罰されたでしょう——処刑のちょっと前に三人をもう一度一緒に会わせることにしました。三人に、一本のタバコを回しのみさせたかったのです。ほんの数分間でしたが、三人にはとても意味のあったことだろうと思います。「死ぬことがこんなにやさしいことだとは知らなかったよ。もうしばらくしたら、永遠の中でまた会おう」とクリストフ・プロープストが言いました。

それから三人は、まず女の子から、連れて行かれました。あの子は、まつげ一本動かさずに出て行きました。私たちは全員、こんなことってあるんだろうかと思いました。死刑執行人は、こんなふうに死んでいった者を今まで一度も見たことがない、と言っていました。ハンスは、首を台の上にのせる前に、刑務所中に響き渡るような声で「自由万歳!」と叫びました。

一九四三年二月二十三日、「ミュンヘン最新ニュース」紙に死亡通知が掲載された。

〈反逆準備のかどで死刑の判決下る〉

人民裁判所は一九四三年二月二十二日、反逆準備及び敵側幇助《ほうじょ》のかどで、ハンス・ショル二十四歳、ゾフィー・ショル二十一歳(両名ミュンヘン出身)及びクリストフ・プロープスト二十三歳(インスブルック・アルドランス出身)に死刑及び公民権剥奪の判決を下した。判決は即日執行された。前記三名は、国家を侮辱する字句を家屋に書き記し、また反逆的なビラをまくという破廉恥な単独行動で国防軍及びドイツ国民の戦意を喪失させたものである。ドイツ国民が英雄的に戦いを続けている中、こういった不道徳なやからは、即刻の、不名誉な死以外の何ものにも値しない。

続く数か月の間に、ミュンヘン及びドイツ南部、西部の他都市で約八十名が逮捕、有罪の判決を下された。クルト・フーバー教授、ヴィリー・グラーフ、アレキサンダー・シュモレルは一九四三年四月十九日死刑の判決を受け、トラウテ・ラフレンツ、カタリーナ・ジューデコプ、ギゼラ・シェルトリング、ズザンネ・ヒルツェルは各々一年の禁固刑、ハンス・ヒルツェルは五年の禁固刑、オイゲン・グリミンガーは終身刑を言い渡された。一九四三年六月十三日の第三回公判ではヨゼフ・ゼーンゲン、ヴィルヘルム・ガイヤー、マンフレッド・アイケマイヤーが各々三か月の禁固刑に処せられた。これで「白バラ」も完全に壊滅した。「白バラ」のハンブルク支部も同様に発見され、約五十名が逮捕、うち八名が処刑された。

第5章
生きのびること、生き続けること

希望なしでは
生きられません
イルゼ・アイヒンガー

「白バラ」の記念レリーフ

ラジオのニュース

ハンスとゾフィーに死刑の判決が下され、その日のうちに刑が執行された日の夕方、二人の父親ロベルトが司法修習生レオ・ザンベルガーに電話をし、会いたいと言ってきた。両親もザンベルガーも、二人がすでに処刑されたことはまだ知らなかった。ザンベルガーがあるレストランでショル夫妻とテーブルを囲んでいると、驚くべきニュースが伝えられた。ザンベルガーの話を聞こう。

私たちは、夕方六時半頃、レストラン「フンペルマイヤー」で落ち合いました。ご両親のほかに、前線から休暇でもどったばかりのいちばん下の弟さんも一緒でした。それともうひとり、あのグループのメンバーで、ハンスと親しかった女子学生も来ていました。この女子学生も次の裁判で有罪判決を受けましたが……。早速お父さんは、私に、まだ出されていなかったクリストフ・プロープストの減刑嘆願書を書いてほしいとおっしゃいました。これを翌朝すぐに、テーゲルン湖畔で産後の床についているプロープスト夫人に届けてサインをもらい、提出するとおっしゃるのです。私がこの嘆願書をお父さんに手渡すか手渡さないうちに、たまたま隣のテーブルに座っていた知人が私に、ラジオで、刑は夕方五時にすでに執行されたと言っていた、と教えてくれました。この晩このことをショルさんたちに話すことは、私にはとてもできませんでした。私たちはその後数時間一緒に過ごしましたが、私は処刑のことは告げず、みなさんとただこの日の恐ろしい出来事のことを話していました。私はショル兄妹のご両親たちを慰め、力づけようとできるだけのことをしました。その後、十時頃でしたか、ウルムにもどられるご両親を駅までお送りし、弟さんのヴェルナー君と私と――ヴェルナー君もあとでロシアで命を落とされたわけですが――しばらく夜の人気のない通りで立ち話をし、別れました。

二人はもう生きていません

両親は、ハンスとゾフィーがまさかすぐに処刑されるとは思ってもみず、ウルムにもどって行った。それから長女のインゲに裁判の結果を伝え、急いで次の汽車に乗ってミュンヘンに行ってやってほしい、ひょっとすると、二人にまだ会えるかもしれないから、と言った。インゲは話す。

翌日私は、朝一番の汽車でミュンヘンへ出かけました。オトルが一緒に来てくれました。ヴェルナーはミュンヘンに残っていました。私たちはまず、面会許可をもらいに検事長のところへ向かいました。あの日は、春めいたとてもお天気のよい日だったことを覚えています。検事長はおらず、秘書が私たちを迎えてくれましたが、秘書は私のところに来て両手を取ると、こう言いました。「二人はもう生きていません。二人ともとても立派な最期でした。ですからあなたもしっかりなさって下さい」と。それで私たちはそこを出ると、何か用事を済ませました。何だったか、もう覚えておりませんが。私たちはミュンヘン市内をあてもなくさまよい歩きました。それから最後にハンスとゾフィーのアパートに行って、私はゾフィーの部屋に入って行きました。机の上に鉢植えがあって、淡い紫色の葉っぱが揺れて、まるで蝶々のようでした。この鉢植えのことは、フリッツ宛ての手紙の中にも書いてあります。私はゲシュタポが家宅捜査の際、見落としたゾフィーの日記を見つけました。これは神様からの贈り物だわ、と私は思いました。

一九四三年二月二十四日、ハンスとゾフィーはペルラッハ墓地に埋葬された。墓地は二人が処刑されたシュターデルハイム刑務所のすぐ隣にある。インゲの話は続く。

私たちは例外的にハンスとゾフィーの埋葬に立ち合うことを許されました。当局も、まだ世間体を保とうとしていたのです。埋葬は午後遅くに行われました。私たちが墓地を出る時には、もう日も沈みかけていました。みんなが黙っている中で、母が「さあ、何か食べなくちゃ」と言いました。母はまるで、自分は生きてる子どもたちのめんどうも見なくちゃいけないのよ、と言っているみたいでした。トラウテ・ラフレンツも来ていて、私たちは一緒にレストランに入りました。母は肉の配給切符を持っていて何日分、いえ何週間分の切符をとっておいたものやら、私にはわかりません――ボリュームのある食事を注文しました。母は、ゾフィーの遺志を守っていたのだと思います。「お母さんもね」とゾフィーが刑務所で半ば命じるように言ったこと、この生の肯定は、どんなにつらい状況の中でも生きていたのです。それで私ものちに、自分のささやかな経験と犠牲から、明日のため、人間のためになることを、私たちを励まし、力づけてくれることをやってみようと思ったのです。

罪は残りの家族にも

ナチスは、ハンスとゾフィーを処刑しただけではまだ足りなかった。残りの家族も連帯責任を問われたが、初めは起訴理由が何もなかった。しかし、起訴理由などはどうにでもでっち上げることができた。インゲは、ハンスとゾフィーの埋葬後のことを回想して次のように話している。

両親と弟のヴェルナー、妹のエリーザベトと私は、二人が埋葬された日の晩ウルムにもどって来ました。私たちはくたびれ果てて、世間から孤立したような感じがしていました。こんな時、私はまったく唐突に父に向かってこう言いました。「お父さん、私たち、何か覚悟しておいた方がいいんじゃないかしら。少なくとも、お父さんはもう仕事ができないかもしれないわ」

三日後、私たちが朝食をとっていると玄関のベルが鳴り、ゲシュタポが私たちをお迎えに来ました。ただヴェルナーだけは国防軍の制服を着ていましたので、連行されずにすみました。ゲシュタポのひとりは、前に父や私たちが逮捕された時にも来ていましたので、私たちはよく知っていました。彼は何度も、あなたたちがどうなるのか私は知りません、とにかく身柄を拘束しなくてはならないのです、と言っていました。彼とミュンヘンから来たゲシュタポの係官が何度も私たちを取り調べました。もしかしたら私たちは強制収容所に送られていたのかもしれません。私たちは留置場でよかったと、一応ほっとしていました。

数日後、ヴェルナーは東部戦線にもどらなくてはならず、もう私たちを訪ねてくれることもできなくなりましたが、かわりに、スターリングラードのすさまじい戦いから無事生きてもどってきたゾフィーのボーイフレンド、フリッツが来てくれました。手に包帯をして、顔は青白く、だいぶ弱っているようでした。彼は、訪問が許される限り、たびたび私たちを訪ねてくれました。スターリングラードで戦った兵士には、ゲシュタポさえも敬意を払っていたのです。

拘留されて約一か月、イースターがきました。時々私たちは、戦況や「白バラ」の他のメンバーが逮捕されたニュースを耳にし、クルト・フーバー教授、アレキサンダー・シュモレル、ヴィリー・グラーフの三人も死刑を宣告されたことを知りました。それからさらに二か月経って聖霊降臨祭になりましたが、私たちはまだ拘置されていました。妹のエリーザベトだけは、腎臓が悪くなったため、すでに釈放されており、私たちのためにウルム中をかけ回って弁護士を探してくれていました。しかし監獄の塀の外でエリーザベトは、私たちよりももっとつらい思いをしていました。妹が知り合いに挨拶すれば、みんな不安になって大騒ぎをするのでした。たいていの人は、まるで疫病か何かが伝染するのを避けるかのように、顔をそむけるのでした。

ついに私たちを起訴するに足る、不利な証拠が見つかりました。誰かが恐らくでっち上げだと思うのですが——私たちがスイス放送のトーマス・マンの番組（亡命後マンは、ラジオを通じドイツ国民にヒトラー打倒を訴え続けた）を聞いていたと言ってきたのです。私たちは内心笑わずにはおれませんでした。もちろん、私たちはトーマス・マンを聞きました。でも、あれはイギリスのＢＢＣ放送だったのです。私たちは、このことを尋問され、母と私は独房に入れられました。それから何週間かして私はジフテリアにかかり、母も日に日に体調が悪くなって、司法当局は健康上の理由から七月末、私たちを仮釈放しました。
八月に私たちの裁判が行われ、ここで私たちは逮捕以来初めて、また父と一緒になりました。私たちはもう観念していました。みんな有罪を覚悟していましたが、驚いたことに、母と私は無罪、父のみ二年の懲役刑になりました。母と私だけが放免となり、大聖堂広場の我が家にもどってよくて、父ひとり殺伐とした独房にもどらなくてはならないというのは、私たちにとってはとてもつらいことでした。

インゲは、戦後ウルムに成人学校を設立したが、これは「デモクラシーがしっかりした基盤を持つためには、まず市民が教養を身につけなければならない」と考えたからだった。ドイツは十二年の間、すべてを抑圧する異常な監視体制のために、まわりの世界及びその精神的な発展から孤立し、とり残されてきた。新しい出発は、同時に新しい可能性をも開いてくれた。「あの学校は新しい成人教育にとって、大きなチャンスであり、挑戦でした」

成人学校と並行してインゲは、オトル・アイヒャーや友人たちとウルムに造形大学をつくる準備を進め、これは一九五五年十月に開校の運びとなった。しかしこの造形大学は、インゲのことばを借りれば「政府の認識の欠如」により、創立十年目に閉鎖された。しかし成人学校の方はずっと存続し、これからもますます発展を続けるだろうとインゲは語っている。「この学校は、官僚政治によって息の根を止められることはないのです」

スターリングラードからもどって

フリッツ・ハルトナーゲルがゾフィーの死を知ったのは、ずっとあとのことである。彼が最後にゾフィーに会ったのは、一九四二年の五月だった。その後フリッツはロシアにもどり、あとは手紙でしかゾフィーとは連絡がとれなかった。ロシアで彼は近距離偵察隊の中隊長で、第六軍と共にスターリングラード進攻に参加、ソビエト軍に包囲されたのだった。彼が負傷兵として最後の飛行機でスターリングラードの生き地獄から脱出できたのは、奇蹟としかいいようがない。その後ポーランドの野戦病院に入院、そこでゾフィーの母親からの手紙を受け取った。フリッツは当時を思い起こし、こう語る。

お母さんは、ゾフィーとハンスが人民裁判所で裁判を受け、死刑の判決を下された、と書いてきました。この手紙を書いている時には、まだ二人の刑がすでに執行されたことは知らなかったのでしょう。私は医長に話をし、医長は私の立場をわかってくれて、私をウルムへ行かせてくれました。人民裁判所で減刑嘆願書を提出しようと思い、私はベルリンを経由して行きました。夜に、まず私はベルリンからウルムへ電話をかけました。家にいたのは、ゾフィーの弟のヴェルナーだけでした。ヴェルナーは、ゾフィーとハンスはすでに処刑されたこと、続いて両親と二人の姉インゲとエリーザベト――私の家内です――が、連帯責任を問われ拘留されていることを話してくれました。最初、私は驚きのあまり、口もきけませんでした。とにかく大変なショックでした。私はやっとのことで、なるべく早い列車でウルムに向かうと伝えました。私は決して気の弱い人間ではないつもりですが、あの当時はまったくひどい状態でした。ウルムに着いてみるとヴェルナーの他は誰もおらず、私はまだ仕事にもどれるほどには傷も治っておりませんでしたので、なすこともなくひとりでウルムをあちこち歩き回っていると、気が滅入ってしかたありませんでした。エリーザベトがからだをこわして四月末に釈放された時には、本当にほっとしました。この時から、私たちのつきあいはまったく自然に始まったのです。エリーザベトは私にとって、ゾフィーの延長線上にいたのです。ショル一家とは、数年来のつきあいでしたが、この恐ろしい事件後、私たちの間はぐっと近いものになっていました。

フリッツは戦後法律を学び、判事となった。彼は、かつてのナチス将校を抜きに軍隊が編成されることなどありえないと思い、五〇年代後半のドイツ再軍備に反対した。また何年もの間、兵役拒否者の世話をし、反核運動、六〇年代のイースター平和行進（一九五〇年代末イギリスで始まり、七〇年代の初めまで欧米で毎年イースターに行われたキャンペーン）に積極的に参加、一九六八年には非常事態法の反対運動を行った。

終章

妥協することなく

作家イルゼ・アイヒンガーと
ゾフィー・ショルについて語る

「自分のささやかな経験と犠牲をふまえて、なにか未来のためになることをしたい」と思ったのはインゲひとりではなかった。たくさんの人々がインゲに手を貸してくれたが、ゾフィーと同じ一九二二年生まれのオーストリアの作家イルゼ・アイヒンガーもその一人だった。彼女は、ショル兄妹の生き方に深い感銘を受け、一九四八年に、ヒトラー時代に人種的迫害をうけた少女を主人公にした処女作『より大いなる希望』を発表したが、この本には当時の様子が克明に描かれている。そののち彼女は、五〇年代の初めにはこの兄妹に関するラジオ番組を制作、二人の手紙や日記にも目を通し、インゲの『白バラ』執筆にも協力した。また、ウルム造形大学の設立に尽力する傍ら小説やラジオドラマを執筆し、まもなく戦後の幻想文学の代表的作家となった。五三年に詩人ギュンター・アイヒと結婚したが、ゾフィーの姉二人や友人たちとは、ウルム時代からの親しいつきあいが続いている。

一九八〇年二月のある日、私はドイツとの国境に近いオーストリアの小さな町グロースグマインにイルゼ・アイヒンガーを訪ねた。この日、町を取り囲む山々は、霧に隠れて見えなかった。岩壁は見えないほうがいい、見ていると恐ろしくなるから、と言うアイヒンガーは、夫のギュンター・アイヒが七二年に亡くなって以来、夫の思い出の残る家にヒトラー時代の恐怖をくぐりぬけた八十八歳の母親と二人で暮らしている。

アイヒンガーの祖母は一九四二年に強制収容所に送られた。この祖母について彼女はこう書いている。「死んでいった人々のことを忘れる者は、彼らを二度殺すことになるのだ。われわれは死んだ人々の跡をたどらねばならない。私は祖母を忘れてはいない。夫のギュンターと同じように、祖母は私のもとにいる」と。さらにこれにこうつけ加えることができよう──ショル兄妹とその仲間たちも、と。インタビューの間、彼女がゾフィーについて語ることばは叙情的で、彼女の作品を彷彿させた。

フィンケ　アイヒンガーさんは、一九四三年の二月には、お母様とご一緒にウィーンにお住まいでいらっしゃいましたね。ショル兄妹他の処刑のニュースは、イギリスのBBC放送やスイス放送、いわゆる敵側放送で伝えられたのですが、あなたは、どこで、どのようにして、このニュースをお聞きになりましたか?

アイヒンガー　私は半分ユダヤ人ですので──母がユダヤ人です──私たちはラジオを持つことを許されず、ましてやどこかよそで敵側放送を聞くなど、ますますもって危険なことでした。私は処刑された人たちの名前を、張り紙で見ました。あれは二月でしたが、春のような陽気の日だったことを覚えています。張り紙は、市内のユダヤ教寺院の近くでゲシュタポ本部にも近い壁に、すぐに目につくように張ってあって、処刑されたあの人たちは、まるでさらしものになっているようでした。「白バラ」のメンバーの名前を、この時初めて知りました。それまでは彼らの名前を聞いたこともありませんでした。でもこの時、私は彼らの名前を見て大いに勇気づけられ、希望を抱きました。こう感じたのは、私ばかりではありません。しかしこの希望は、生きのびられる、という希望とは違います。もちろん私たちは当時、希望を抱いていたからこそ、生き続けることができたのですが……。

フィンケ もうすこしわかりやすくおっしゃっていただけますか？　お友だちとそのことについてお話しになったのですか？

アイヒンガー 私は、ある青少年団に属していましたが、この団の中で、このニュースは光となったのです。これは、その後死んでいった多くの人々の精神的救いとなりました――彼らは希望を抱きながら死んでいくことができたのです。そしてまたこのニュースは他の人々に生きる希望を与えてくれました。それは、国を照らすひそかな光、幸運の女神のようなものでした。ある時、通りで知人に会ったのですが、その人は私にこう言いました。「そんなにニコニコしてちゃだめだよ！　それじゃ今に逮捕されちまうよ」私たちが生きのびるチャンスは、ごくわずかでした。しかし、生きのびることが問題だったのではありません。生きのびることではなく、生そのもの、ショル兄妹や他の仲間たちが、死をもって私たちに生きよと呼びかけてくれた、生そのものが問題でした。

フィンケ この抵抗グループの運命は、あなたやご家族に、何か影響を与えたのでしょうか？

アイヒンガー　ええ、私や母に、あの、常に危険にさらされていた時代を穏やかな心で生きる勇気を与えてくれました。あれこそが希望でした。たとえなくても生きられるというものはたくさんあります。物質的に何か欠けていたとしても、生きていけます。しかし、「自分の前」に何かがなくては、それも、時間とは違った何かがなくては、生きることはできません。自分の前とは、「自分の中」ということです。希望なしでは生きられないのです。

フィンケ　当時、この抵抗グループについて詳しいことを御存じでしたか？

アイヒンガー　当時はほとんど何も知りませんでした。戦後初めて英語の雑誌で「白バラ」の詳細を知り、彼らの写真を見ました。そして私はその誤解されるかもしれませんけれどあの暗い時代に郷愁を覚えたのです。ショル兄妹になつかしさを覚えたのです。それから私は医学部を中退し、戦争中迫害された少女のことを書いた『より大いなる希望』を発表したのですが、この本の発表後、インゲ・ショルさんから初めてドイツへ講演にご招待いただいた時には、本当にうれしく思いました。そういうわけで、マルクト広場九番地のショルさんの家が、私がドイツで初めて足を踏み入れた家、ウルムが、私がドイツで初めて訪れた町、インゲさんが、私が「白バラ」関係者で私が最初に会った人、ということになりました。

フィンケ　同世代の九十九パーセントが当時の政府のために戦争をもいとわぬと思っていたなかで、生を肯定していた若者たちのグループが、あえて政府に立ち向かった、ということはどのように説明されるでしょうか？

アイヒンガー　戦争は死を死から隠し、死を死で隠すのです。人は、生も死も見えなくなるのです。「兵隊が死んだ」とは言わず、「やつはやられた」と言うじゃありませんか。私は、たいていの人間は戦争そのものに負けていたのだと思います。それに、みんなは戦争を強要されていたのです。

フィンケ　ショル兄妹の家庭はどういう役目を果たしていたとお思いですか？

アイヒンガー　ショル家は中産階級に属していましたが、本があふれ、文学や政治についていつも話をしていたという意味で、とても重要だったと思います。ハンスとゾフィーは政治的な家庭で育ったのです。これが二人の行動の基盤でもあったと思います。

フィンケ　政治的な家庭だったとしても、受け入れる幅はとても広かったと思いますが。

アイヒンガー　ええ、子どもたちに好きなことをさせる、とてもおおらかな家庭でした。子どもたちは青少年運動にも、また短期間ですが、ヒトラー・ユーゲントにも入っていました。両親は注意を与えただけで、好きなようにさせたのです。こうして子どもたちは障害を上手に乗り越えていきました。殊にゾフィーがそうです。彼女の手紙や日記を見れば、殉教者が偶然作られたのではないことがわかります。たとえゾフィーがこのように劇的な人生ではなく、平穏な人生を送ったとしても、彼女はきっと同じ人間になっていたことでしょう。

フィンケ　彼女の手紙や日記、とくに戦争や軍人魂について書かれたものを読むと、頭脳の明晰さを感じます。しかし同時にゾフィーは、非常に情緒豊かで、多感でもありました。これは矛盾ではないでしょうか？

アイヒンガー　ゾフィーはこう書いています。「人間は堅固な精神と柔軟な心を持たなければならない」と。これは矛盾ではありません。彼女は生を肯定していました。英雄的な死に方をしようなどとはこれっぽっちも思わず、彼女はひたすら生を考えていたのです。最後の最後まで、処刑前夜の夢の中まで、生を考えていたのだと思います。

フィンケ　ゾフィーはよく夢を見て、いくつかは日記にも書いてあります。この夢の話のことはどう思われますか？

アイヒンガー　まったく的確です。ゾフィーは、私もあれほど書けたらいいのにと思うくらいに、ぴったりとふさわしい書き方をしているのです。ジョセフ・コンラッドやジェームス・ジョイスを思い出すほどです。まねのできないほど的確です。

またゾフィーは、人間の内面性についてはこうも書いています。「私たちは誰でも、自分自身の内に独自の規範を持っている。しかしこの規範が利用されることはほとんどない。それはきっと、これが最も厳しい規範だからだろう」夢の的確さ、この厳密さ——目が確か、とも言えましょうが、これはあまりに月並みな表現です。私はやはり的確な、と言いたいと思います。

フィンケ　それは、非現実の中のわずかの現実とでも言いましょうか……。

アイヒンガー　ええ、当時および今日ある現実より、はるかに大きな現実の一部です。現実は、対立するものがなくては存在しません。当時の現実を現実として認めず、自分をそれに適応させず、夢の中の現実が「現実」と対応して初めて、現実は現実でありうるのです。

フィンケ　何か、ゾフィーの特別な夢のことを考えていらっしゃるのですか？　今おっしゃったことを、ゾフィーが書いている夢のひとつと関連づけてご説明いただけますか？

アイヒンガー　ええ、最後の晩に見た夢です。腕に子どもを抱き、急な山を登って行くと、突然目の前で地面がパックリ口を開ける――でも、ゾフィーはなんとか子どもを安全な場所に置き、自分は落ちて行く。

フィンケ　ゾフィーは一九四二年五月、ミュンヘンに行くとまもなく「白バラ」に加わります。これは、尊敬していたお兄さんに自分を結び付けるためでしょうか、それとも自らの決心によってでしょうか？

アイヒンガー　その両方だったと思います。でもいずれにせよ、最後は自分で決めたことではないでしょうか。ゾフィーは「私はメンバーには加わらない。両親のことを思うとできない。みんながやっても私はやらない」と言うことだってできたのですから。ところが彼女は、何もかも、全部自分で決めたのです。この時点で彼女にはわかっていたはずです。ナチス・ドイツであのようなことをすれば、どうなるかということは。

フィンケ　ゾフィーは多くの点で、他のメンバーより考え方がはっきりしていたように私は思います。つまり、黒か白かをはっきりさせ、どちらでもいいということは彼女にはできなかったのです。この激しさは女性に特有の潔癖さから来ているのではないかと思いますが、いかがでしょう？

アイヒンガー　ゾフィーの激しさは、もともと彼女の中にあったものだと思います。恐らく彼女は、学校の遠足などでは、友だちと一緒にほこりまみれになって、花をつんだりしながら、走り回っていたのだろうと思います。特別目立つようなところもなく、明るくのびのびとした女の子だったのではないでしょうか。彼女が、自分自身に対し非常に厳しい態度をとるようになったのがいつ頃からかはわかりません。ただ、勤労奉仕中に書かれた日記に次のような箇所があるのです。「今まで私は自分の内気な性格のおかげで、あまり目立たずにすんだ。これからもずっとそうであればいいのだが。目下のところ、現在の影響になるべく毒されないように努めている。といっても、イデオロギーとか政治の影響ではない。どのみち私はこういったことにたいして左右されないだろう。私が言っているのは情緒面のことだ」そのあとにこう書いてあるのです。「人間は堅固な精神と柔軟な心を持たねばならない」と。

フィンケ　ミュンヘンの学生たちがナチスに抗《あらが》ったのは分別がなく軽率だった、とずいぶん言われましたし、いまだにこう言う人たちがいますが……。

アイヒンガー　「分別」というのはとても危険なことばです。確かに人間、分別がなくてはいけません。しかし分別は、これはと思う瞬間に投げ捨てるためにあるのです。「軽率」もまたあまりに簡単なことばです。軽率だったかどうか……私にはわかりません。彼らは、自分たちの行動が自分たちの運命とどう関わっていくか、ということは知っていたのです。まわりの空気が今までと違ってきた、ということに気づいていたのです。わかっていたのです。彼らは暴力によらずに、自分たちの人生をひとのために捧げました。ですから、私はショル兄妹と仲間たちの抵抗は成功したと、恐らくは第三帝国における抵抗のうちで最もうまくいった抵抗だったと見ています。

フィンケ　これは政治的な抵抗だったでしょうか？

アイヒンガー　もちろんです。一度境界を越えて抵抗に立ち上がって、政治的でないものなどあるでしょうか。しかし同時に、政治的抵抗以上のものだったと思います。これは、心の底からの抵抗でした。生の、真実の、思いやりと精神の抵抗です。「白バラ」のやったこと、殊に女性のゾフィーのやったことは、いつまでも私たちの記憶に残ることでしょう。

フィンケ　一九六八年、大学での記念祭を妨害した学生たちは、こう言いましたね。「ショル兄妹および関係者の記念祭をやっている者たちにその資格はない。それは偽善だ。ショル兄妹たちを祝うことなど誰に許されよう？　そもそも祝いなどしてよいのか？」と。

アイヒンガー　確かにその資格は、ひとりひとりが葛藤を乗り越えて得られるものだろうと思います。あの場にいた人々の中で誰にこの資格があり、誰に資格がないかなど、当時も今もわかりません。本人以外にはわからないことなのです。しかし、「白バラ」のメンバーが決して妥協しなかったということは、みんなにははっきりと知ってほしいと思います。ゾフィーの日記にこう書いてあります。「今日の夕方、いつものにぎやかな集まりからふと顔を上げると、窓の向こうに夕空が見えた。葉の落ちた木々の間にオレンジ色の地平線が見えた。この時、今日が聖カールの金曜日であることを突然思い出した。気の遠くなるような遠くにある同じような空を見ていると悲しくなった。というより、空とは何の関係もなく笑っているたいくつな人々に悲しくなった。私は、陽気な連中と、それとまったく関係のない空とから、ひとり孤立しているような気がした」このあとにくる文章が大事です。「私は、自分がだんだん周りに妥協するようになったのではないかと心配だ。態度をしっかりさせよう。夜ごとの読書が私を助けてくれるだろう」この頃彼女はアウグスティヌスを読んでいたのだと思います。でも、マルクスを読んだってよかったのです。夜ごとの読書が、彼女を助けてくれたのですから。

これは本当の話なのですが、グスタフ・ハイネマン（一八九九〜一九七六。西ドイツの第三代大統領）の誕生日に、ボンで子どもたちがセレナーデを演奏しました。ハイネマンは演奏のあとで歩み出ると、ありきたりの話はせずに、ひと言こう言いました。「君たちは若い。君たちの課題は年をとることだ」と。今私は、若者や子どもたちを見るたびに、心の中で彼らにこう尋ねます。「死刑の宣告をうけたらどうしますか？　国家権力による死の宣告も医師による死の宣告も同じですか？　どうやって年をとりますか？」と。

フィンケ　今日の若い人々が、ショル兄妹や「白バラ」から学ぶことができるのは何でしょう？

アイヒンガー　妥協しないことです。大きな夢を忘れないために、小さな夢を忘れることです。若者こそ、ますます絶望的になっていくこの世の中に妥協してはならないのです。

あとがき

一九八〇年夏、私はブーヘンヴァルトに初めてナチスの強制収容所を訪ねた。ゲーテ、シラーにゆかりが深く、ドイツの芸術・文化の中心であったワイマールから車で一時間ばかりのところに、この収容所はあった。ブーヘンヴァルトとは、ブナの森という意味で、その名のとおり、かつてはブナが繁り、秋にはキノコがとれたという。ここで一九三七〜四五年の間に、当時の共産党委員長テールマンはじめ約五万七千人が殺りくされた。

人間焼却炉が並び、人間の皮膚で作られたランプシェードの展示される資料館に胸の苦しくなる思いであったが、しかし私は、人間として、この狂気のなせる業の数々を見ておかねばならないと思った。

資料館の中で最も衝撃的だったのは、銃殺室であった。四畳半ほどの小部屋の一方の壁に、殺される人間の身長を測る目盛りがあり、もう一方の壁では、その人の身長に合わせて銃口がちょうど首の高さに定められる仕組みになっていた。床とすのこは、真っ赤に塗ってあった。本書の中に「人を打ちのめすみどり色」の話があるが、私はこの赤い床とすのこに、文字どおり吐き気を覚えた。この赤い床の上にどれほどの人間の血が流れたであろう。これは、私がかつて見た中で最もおぞましい赤い色であった。

ワイマールから私は、しばらく滞在する予定のミュンヘンに向かった。しかし、この時、私は、まだゾフィーを知らなかった。『ゾフィー・ショルの短い生涯』という原題の本書を、近所の図書館で手にしたのはミュンヘンに着いてしばらく経ってからだった。表紙の写真の、かすかに笑みを見せながら何かを虚ろに見つめるゾフィーにひかれ、本のページを繰るうちにミュンヘンで私が住んでいた寮のすぐ近くにある二つの広場が、ショル兄妹広場、フーバー教授広場と呼ばれている理由も納得できたのだった。

ゾフィー、ハンス、クリストフの三人が、ナチスに抗《あらが》う不穏分子として抹殺された二月二十二日、大学の玄関ホールの一隅にある「白バラ」を記念するレリーフには、ドイツ連邦共和国、バイエルン州、ミュンヘン市、ミュンヘン大学他からの花輪が捧げられ、簡単な記念式典がとり行われた。また、三人の刑が執行された同日夕刻五時には、大学をはじめ各所で記念集会が開かれ、多数の出席者があった。

ゾフィーは、自然を愛し本好きで、筆が立ち絵心があり音楽もする、多感で才能豊かな女性であった。あの時代を無事生きぬいていたら、どれほど豊かな人生を送ったことか。また、兄のハンスは、ゲシュタポの取り調べ官でさえも、〝次代のためにドイツが必要とするのはこういう男だ〟と思ったほど聡明な人物であった。生き残った「白バラ」のメンバーは、〝ハンスが「白バラ」の頭脳、ゾフィーが「白バラ」の心だった〟という。クリストフ、アレキサンダー、ヴィリーも、深い教養と、豊かな才能をそなえていた。

もし彼らが、外であばれ回る野犬に目をつむり、誰かが野犬を追い払ってくれるのを家の中でじっと待っていたならば、今、それぞれに充実した人生を送っていたことであろう。しかし彼らにはそれができなかった。良心のやましさに耐えかね、彼らはあえて狂った野犬の群れに、果敢に向かって行ったのである。

彼らの抵抗運動は、恐らくは素人のそれであったろう。実際、彼らの行動を事細かに分析した批判的な論考も見られるのだが、しかし、あとからひとのやったことをどうこう言うことはやさしいことである。とにかく彼らは、自分たちにできることを精一杯やったのである。(旧版あとがきより)

児童文学の研究のために大学でドイツ語を学ぶことを選んだ姉。

留学当初は、何事も理づめで押し通すドイツ人に嫌気がさしたというものの、小学校時代から、児童会長・赤十字団長・地区子供会長などを一手に引き受け活躍していた彼女は、生来の生真面目さと責任感の強さがドイツ気質になじんだらしく、その後のドイツとの行き来は三十数年間続いた。

そんな姉が、ゾフィーの清冽な生き方に共感を覚えないはずはなかった。ガンと闘いながら執筆を続け、出版社との打ち合わせは病院でという最期は、「いかに生き、そして死ぬのか」、姉らしい人生の幕引きであったと思う。

再びドイツへ旅立つ希望は果たせなかったが、この新版の出版を空から見届け、きっと強くうなずいていることと思う。

（石濱まり）

訳者略歴　若林ひとみ
一九五三年、生まれ。東京外国語大学ドイツ語科卒業。二〇〇五年十一月二十五日逝去。
訳者による著書
『名作に描かれたクリスマス』岩波書店（二〇〇五）
『クリスマスの文化史』白水社（二〇〇四）
主な訳書
『チンパンジーとさかなどろぼう』ジョン・キラカ　岩波書店（二〇〇四）
『きゅうりの王さまやっつけろ』クリスティーネ・ネストリンガー　岩波書店（二〇〇一）
『しろくまオント　サンタクロースにあいにいく』アルカディオ・ロバト　フレーベル館（一九九八）

『ほしのこのひみつ』アルカディオ・ロバト　フレーベル館（一九九八）など

著者略歴　ヘルマン・フィンケ　Hermann Vinke
一九四〇年、北ドイツ・パーペンブルグ近郊生まれ。ジャーナリスト。北ドイツ放送記者から ドイツ第一放送（ARD）に移り、一九八六年から一九九〇年まで極東部記者として東京に勤務。現在、ドイツ第一放送東欧部門記者。『ゾフィー・ショルの短い生涯』（一九九七）、『第三帝国 一つの記録』（二〇〇三）、『フリッツ・ハルトナーゲル＝ゾフィー・ショルのボーイフレンド』（二〇〇五）等のノンフィクション作品がある。

ゾフィー 21 歳〔新版〕
――ヒトラーに抗した白いバラ

著　者―ヘルマン・フィンケ

訳　者―若林ひとみ

装丁者―秋元智子

発行日― 2006 年 2 月 6 日新版発行

発行人―内川千裕

発行所―株式会社　草風館
東京都千代田区神田神保町 3-10

印刷所―モリモト印刷

Co.,Sofukan 〒 101-0051
tel 03-3262-1601
fax 03-3262-1602
e-mail:info@sofukan.co.jp
http://www.sofuka.co.jp
ISBN4-88323-166-6

DAS KURZE LEBEN DER SOPHIE SCHOLL
by Hermann Vinke